www.ingramcontent.com/pod-product-compliance
Lightning Source LLC
LaVergne TN
LVHW010835051026
849532LV00007B/2710
* 9 7 8 9 3 6 9 0 8 8 6 4 5 *

وارث

(افسانے)

اسد محمد خاں

Waaris *(Short Stories)*
by: Asad Mohammad Khan
Edition: November '2025
Publisher :
Taemeer Publications LLC (Michigan, USA / Hyderabad, India)

ISBN 978-93-6908-864-5
9 789369 088645

کتاب	:	**وارث** (افسانے)
مصنف	:	**اسد محمد خاں**
صنف	:	فکشن
ناشر	:	تعمیر پبلی کیشنز (حیدرآباد، انڈیا)
سالِ اشاعت	:	۲۰۲۵ء
صفحات	:	۱۰۰
سرورق ڈیزائن	:	تعمیر ویب ڈیزائن

فہرست

(۱)	کھڑکی	6
(۲)	چاکر	10
(۳)	گھڑی بھر کی رفاقت	34
(۴)	وقائع نگار	40
(۵)	سرکس کی سادہ سی کہانی	64
(۶)	باسودے کی مریم	84
(۷)	وارث	93

ا

کھڑکی

میں نے پہلی بار اسے اپنے محلے کے ایک کلینک میں دیکھا تھا مجھے ڈاکٹر سے کسی قسم کا سرٹیفکیٹ لینا تھا اور وہ انجکشن لگوانے آئی تھی۔ آئی کیا بلکہ لائی گئی تھی۔ ایک نوجوان جو شاید چچا یا ماموں ہوگا اسے گود میں اُٹھائے سمجھا رہا تھا کہ سوئی لگوانے میں زیادہ تکلیف تو نہیں ہوتی البتہ ٹافی کھانے کو ملتی ہے اور امی پر اور دوسرے لوگوں پر رعب الگ پڑتا ہے۔ بات یقیناً اس کی سمجھ میں آرہی تھی۔ رعب شاید سمجھ میں نہ آرہا ہوگا لیکن ٹافی کا سن کر ذرا حوصلہ مند دکھائی دی تھی پھر تھوڑی دیر بعد وہ فکر مند اور خوف زدہ ہو کر ادھر اُدھر دیکھنے لگتی تھی جدھر سے کمپاؤنڈر کو سوئی لے کر آنا تھا۔

چچا ماموں کی نشست ایسی تھی کہ وہ میری طرف پیٹھ کئے بیٹھا تھا اس کے پہلو اور بانہوں سے جیسے کھڑکی سی بن گئی تھی اور اس کھڑکی میں سے اس کا پورا چہرہ، اس کا ایک ایک تاثر مجھے صاف نظر آرہا تھا۔ کھڑکی سے دیکھتے ہوئے ایک بار میری نظریں اس سے ملیں۔ اس وقت چچا ماموں اُسے سمجھا رہا تھا کہ تیرا بھائی جان تو انجکشن لگواتے ہوئے روتا ہے۔ ڈرتا ہے نا! اس لئے روتا ہے۔ تو بالکل نہیں ڈرتی، بڑی بہادر ہے۔

جس وقت چچے ماموں نے یہ بات کہی ٹھیک اس وقت منی بانہوں کی کھڑکی سے جھانک کر مجھے دیکھ رہی تھی۔ میں نے آہستہ سے سر ہلا دیا۔ اس بات سے اتفاق کیا۔ منی

نے جب دیکھا کہ چچا ماموں کے علاوہ دوسرا کوئی اسے بہادر سمجھ رہا ہے تو وہ ہولے سے مسکرا دی۔ میں نے دیکھا کہ وہ اترا کر مسکرائی تھی۔ جیسے مجھے اپنی بہادری کے رعب میں لے رہی ہو۔ جتنی دیر میں کمپاؤنڈر آیا اتنی دیر میں منی اشاروں میں مجھے سمجھا چکی تھی کہ اصل میں وہ بڑی بہادر ہے۔ انجکشن و نجکشن سے بالکل نہیں ڈرتی۔

میں نے بھی بانہوں کی کھڑکی سے رازدارانہ دیکھتے ہوئے سر ہلا ہلا کر اس بات سے اتفاق کیا اور بتا دیا کہ میں پوری طرح اس کی بہادری کے رعب میں آگیا ہوں۔ منی نے اپنی نو دریافت دلیری کے غرور میں ذرا سر اٹھایا تھا کہ سامنے سوئی اُٹھائے کمپاؤنڈر آن کھڑا ہوا۔ بہادری اور خوف کی کسی درمیانی کیفیت میں اس نے ہلکی سی آواز نکالی اور گھبرا کر بانہوں کی کی کھڑکی کے پار شاید مدد کے کے لئے میری طرح دیکھا۔ اس وقت کمپاؤنڈر نے اس کے بازو پر اسپرٹ میں بھیگی روئی ملنا شروع کر دی تھی۔ منی متوقع تکلیف کے خیال سے منہ بسورنے لگی ٹھیک اس وقت جب کہ وہ آواز سے روسکتی تھی میری نظریں اسکی نظریں پھر ملیں۔ میں نے نفی میں سر ہلاتے ہوئے دونوں ہاتھوں کی مٹّھیاں بنا کر ہمت والوں کی سی شکل بنائی اور مسکرا کر شاید آنکھوں کے کسی اشارے سے اسے یاد دلایا کہ وہ تو بڑی بہادر ہے۔

بحران کے اس لمحے میں بھی منی نے میری بات سمجھ لی۔ اس نے منہ بسورنا بند کر دیا اور آواز نکالے بغیر انجکشن لگوالیا۔ میں نے اپنی شہادت کی انگلی اور انگوٹھا ملا کر تعریف کا اشارہ دیا۔ اور منی اپنے اس چچایا ماموں کی گود میں چڑھی ہوئی کلینک سے چلی گئی۔

کمپاؤنڈر اور منی کا چچایا ماموں حیران تھے مگر مجھ کوئی حیرت نہیں ہوئی تھی منی واقعی بہادر تھی۔

اس بات کو بہت دن ہوگئے۔ میں یہ واقعہ اور منی کا چہرہ کچھ کچھ بھول چلا تھا۔ باہر

کڑواہٹ اور دکھ ہو تو میٹھے چہرے اور بھولی باتیں کب تک یاد رہ سکتی ہیں۔ میں خود ایک بحران سے گزر رہا تھا میرے والد دماغ کی رگ پھٹ جانے پر طویل بے ہوشی میں تھے۔ وہ ملک سے باہر تھے میں اپنے سفری کاغذات کی تیاری میں مصروف تھا۔ ساتھ ہی دن میں کئی کئی بار ان کے تیمار داروں سے ٹیلی فون پر رابطہ قائم کرنا چاہتا تھا مگر مجھے ناکامی ہو رہی تھی۔ کاغذات بننے میں دیر تھی۔ نہ وہاں جا سکتا تھا نہ کسی سے بات کر سکتا تھا۔ عجیب بے بسی کا عالم تھا۔ تیسرے چوتھے دن عزیزوں کی طرف سے ایک تار آجاتا تھا۔ حالت میں کوئی تبدیلی نہیں ہوئی دعا کیجے۔ پھر آخری تار آیا کہ خدا مغفرت کرے وہ گزر گئے۔

میں بچپن کے ایک دوست کے ہمراہ تار گھر پہنچا اور جیسے ہوش و حواس سے عاری کوئی شخص ہوتا ہے بالکل اسی طرح بلند آواز میں لوگوں کو اپنے ذاتی نقصان کے بارے میں بتانے لگا پھر وہیں بیٹھے بیٹھے میں نے اپنے چھوٹوں کے نام ایک تار لکھا جس میں انہیں تسلّی دینے کے بجائے یہ لکھا کہ سفر کا ارادہ میں نے ترک کر دیا ہے کیونکہ اب کوئی فائدہ نہیں۔ جس کے لئے سفر کرتا وہی نہ رہے۔

میں یہ سب کچھ کر رہا تھا اور اس بات سے بے خبر تھا کہ تار گھر کی بنچ پر بیٹھے ہوئے ایک نوجوان کے شانے سے لگی کوئی بچی اچک اچک کر مجھے دیکھنے یا متوجہ کرنے کی کوشش کر رہی ہے۔ لوگ سامنے سے ہٹے تو دیکھنے کے لئے ایک کھڑکی سی بن گئی۔ میں نے اس کھڑکی میں سے پہچان لیا۔ یہ منی تھی۔ منی مجھے دیکھ کر مسکرائی۔ اس کے چھوٹے سے ذہن نے اسے بتا دیا تھا کہ مجھے ضرور کوئی پریشانی ہے یا شاید میں ڈرا ہوا ہوں۔ اس لئے وہ مسکرائی اور اس نے ننھی ہتھیلیاں اپنی آنکھوں پر ملیں جیسے مجھے آنسو پونچھ لینے کی ترغیب دے رہی ہو پھر اس نے دونوں ہاتھوں کی مٹّھیاں بنا کر ہمت والوں کی سی شکل بنائی اور مسکرانے لگی۔ بالکل اسی طرح جیسے مہینوں پہلے میں اسے ہمت دلا کر مسکرایا تھا۔

میں نے دکھ بڑھانے والا وہ تار پھاڑ کر پھینک دیا اور نئے تار میں اپنے چھوٹوں کو لکھا کہ حوصلہ رکھو، میں آرہا ہوں۔

***

۲

چاکر

خاکستری رنگ کے گاڑھے کا پیوند لگا لمبا کرتا پسینے سے بھیگ کر بدن سے چپک گیا تھا۔ گھنٹوں کی مشقت کے بعد کھردری ہتھیلیوں کی مضبوط گرفت میں پھاوڑے کا دستہ پسینے سے پھسلنے لگا تو کرتے کی آستینوں سے ہتھیلیاں پونچھیں، رکوع کے انداز میں جھکے جھکے پھاوڑا چلاتے رہنے سے کمر کی ہڈیاں اور پٹھے اکڑ گئے تھے تو جوان بازوؤں کو میناروں کی طرح بلند کیا اور پورے قامت سے تن کر انگڑائی لی۔ دھول میں اٹے اپنے پیروں کے درمیان زمین پر نظریں گاڑے سر جھکائے لمحے بھر کو ساکت کھڑے رہے۔ پھر دونوں گھٹنے خم کیے اور دوزانو کھیت کی مینڈ پر بیٹھ گئے۔ مشقت سے سنولائے ہوئے ہاتھوں کی دسوں انگلیاں بھربھری مٹی میں گڑا دیں پھر آہستہ آہستہ کہنے لگے،

"مٹی، او مٹی۔ اگر یہ امر الٰہی ہے کہ میں اور میرے ہمسائے اپنے اس ختم نہ ہونے والے روزے میں ہی اپنے خالق سے جا ملیں تو بے شک ہم رضائے الٰہی میں راضی ہیں، شکوہ تو الگ رہا، ہم تو لفظ کیوں بھی اپنی زبانوں پر نہیں لائیں گے۔ اور اگر میری کسی کوتاہی سے، میرے تساہل، میری ناسمجھی سے تو نے وہ رزق ابھی ہمیں سونپنا شروع نہیں کیا جو ہمارے نام کا تیری تحویل میں ہے تو اے مٹی لے، فضل علی اپنے رب کے نام کے ساتھ پھر سے اپنے کام کا آغاز کرتا ہے۔ پھر سے تجھے سنوارتا ہے، پھر سے تیری خدمت کرتا

ہے۔"

یہ کہا اور جھٹکے سے اٹھ کھڑے ہوئے، پھاوڑا سنبھالا اور اسی طرح جھکے جھکے پھاوڑا چلاتے قدم قدم بڑھنے لگے۔ وہ پھاوڑے کی ہر ضرب پر منھ ہی منھ میں اللہ اللہ کہتے جاتے تھے۔ جمی ہوئی مٹی کی بے مروت چھاتی کو نئے اکھووں کے لیے نرم کرنے کا یہ کام کئی گھنٹے جاری رہا۔ یہ کام گھنٹوں سے۔۔۔ دنوں سے جاری تھا۔ اور جب تہجد کا وقت ہو گیا تو اسی مٹی سے تیمم کیا اور اسی مٹی پر سجدہ زیر ہو گئے۔ دعا کے لیے ہاتھ اٹھائے تو بے رنگ دھواں دھواں آسمان کچھ اور نیچے اتر آیا۔ دن بھر کی تپش کے بعد چند گھنٹوں پہلے تانبے سا تپنے والا آسمان اس وقت ایک خفیف سی ٹھنڈک اتار رہا تھا مگر خشک سالی کی ماری ہوئی سوکھی لکڑ زمین اس ٹھنڈک کو اترتے ہی اچک لیتی، ان دیکھے بخارات میں تبدیل کرتی اور پھر لوٹا دیتی تھی۔

یہ سال ۱۸۹۶ء تھا، بارش سے ترسی ہوئی زمین جیسے کچھ بھی پیدا کرنے سے انکاری تھی۔ میانوالی قحط کی لپیٹ میں تھا۔ جانوروں کے لیے چارا نہیں رہا تھا۔ انسانوں کے چہرے پر گرد اڑ رہی تھی۔ ایک وقت کا کھانے والے اب دو دو تین تین دن بھوک سے نڈھال پڑے رہتے۔ پہلے جانور دبلے ہوئے پھر ایک ایک کر کے مرنے لگے۔ فضل علی کے بیلوں کی جوڑی ٹوٹ گئی۔ ایک بیل کافی چارا نہ ملنے کے سبب مر گیا تو فضل علی نے دوسرے بیل کو ذبح کیا اور اپنے ہمسایوں کے دروازوں پر دستک دے دے کر سب گوشت بانٹ آئے۔ تین بکریاں اور ایک ڈاچی جو دودھ سے خالی تھیں، اسی طرح قریب و دور کے ہمسایوں کو کھلائی جا چکی تھیں۔ دودھ دینے والی چند بکریاں رہ گئی تھیں، جن کے لیے فضل علی سارا سارا دن چارے کی تلاش میں سر گرداں رہتے اور شام کو جتنا کچھ دودھ حاصل کر پاتے، ان گھروں میں بانٹ آتے جہاں شیر خوار بچے تھے اور مریض اور جاں

بلب بوڑھے کچے فرش پر چٹائیاں ڈالے پڑے دن گن رہے تھے۔

رات فضل علی کے لیے سخت تر مشقت کی خبر لے کر آتی تھی۔ ان کے چھوٹے سے کھیت میں دوبار بیج ڈالا جا چکا تھا اور دھول کے ساتھ مل کر دھول ہو چکا تھا۔ کیونکہ زمین اپنا قیمتی نم کھو چکی تھی۔ بارشیں ہوئی نہیں تھیں۔ کنوئیں خشک تھے اور دریا دور تھا۔ اتنی دور سے گاڑیوں میں اور جانوروں پر اور آدمی اپنے سروں پر ڈھو ڈھو کر جو پانی لاتے وہ انسانوں اور جانوروں کے لیے ہی ناکافی ہوتا تھا تو زمین کے حصے میں کیا آتا۔ ایسا لگتا تھا کہ جان کی طرح جو قیمتی بیج اور پانی زمین کو دے دیا، بس دے دیا۔ وہ ضائع ہوا۔ زمین لوٹاتی کچھ نہیں تھی۔ کھیتوں میں اناج کے اکھوے نہیں پھوٹے، دھول کے جھکڑ اور ریت کے بھنور بنتے رہے اور آگ کی لپٹوں کی طرح زمین سے بخارات اٹھتے رہے۔

یہ سب تھا مگر فضل علی کے معمولات میں فرق نہ آیا۔ وہ عشاء کی نماز کے بعد اللہ کا نام لے کر اپنے کھیت پر پہنچ جاتے اور فجر تک پھاوڑا چلاتے رہتے۔ بیلوں کی جوڑی گھڑی دو گھڑی میں جتنا ہل پھیر لیتی ہے اتنا کام فضل علی سے ساری رات میں ہو پاتا۔ مگر ایسا تھا کہ زمین کی تحویل میں خلق اللہ کے نام کا جو رزق تھا وہ اللہ کی مخلوق کے لیے اس سے حاصل کرنا ہی تھا۔

میانوالی کا یہ شہر کالا باغ ضلعے بھر کے شہروں، دیہاتوں میں سب سے کم قحط سے متاثر ہوا تھا۔ دوسری بستیاں تو اس سے کہیں زیادہ سختی جھیل رہی تھیں۔ پہاڑی پر بسے کالا باغ کے چھوٹے چھوٹے مکان گڑیوں کے گھروندوں کی طرح بے ترتیبی سے بکھرے ہوئے اوپر تک چڑھتے چلے گئے تھے۔ نیچے سندھ دریا بہہ رہا تھا۔ یہاں پانی ہی پانی تھا۔ پانی میں انسانوں کے لیے خوراک تھی اور دریا سے ملے ہوئے کھیت کچھ پیداوار بھی دے رہے تھے۔

مگر یہ کھیت طرّے والوں کے تھے اور دریا پر مچھلی پکڑنے کا ٹھیکا ڈاڈے ملک کا تھا جو کبھی کبھار خیر خیرات کی طور پر گھنٹے دو گھنٹے کے لیے یا گھر، باڑے اور زمین کے چھوٹے ٹکڑوں کے عوض دو دو چار چار دن کے لیے مچھلی پکڑنے کی اجازت دے دیتا تھا۔ جب اس کے آدمی کاغذ پر انگوٹھے لگوا کر گھروں اور باڑوں سے گزر جاتے تب ہارے ہوئے جواریوں کی طرح مرے مرے قدموں سے گھر یا زمین کے سابقہ مالک اپنے جال اور مچھلی کے شکار کی چھڑیاں اٹھائے دریا کے کنارے پہنچتے اور دو چار دن تقدیر آزماتے۔ ان کے نصیب کا جو کچھ ملتا دریا سے حاصل کر لیتے۔ بغیر اجازت مچھلی پکڑنے والوں کا حشر چوروں سے بدتر کر دیا جاتا تھا۔ ڈاڈا ملک اور اس کے آدمی اپنے حق کی حفاظت کرنا جانتے تھے۔ اچھے دنوں میں خدا کے نام پر خیرات نکالنے والے ملکوں نے قحط کی بھیانک شکل دیکھ کر اپنی اناج کی کوٹھیوں کے منھ بند کر دیے تھے۔ پھر ان سے اپنے ہمسایوں کی بھوک نہ دیکھی گئی تو اکثر نے اناج کی حفاظت کے لے کوٹھیوں اور کھیتوں پر اپنے لٹھ بند بٹھا دیے اور علاقے سے چلے گئے۔

کھیت، کھلیان اور گلیارے ویران ہو چکے تھے۔ بھوکے جانور جہاں گر جاتے پھر اٹھ نہ پاتے۔ موت خاموشی کے ساتھ انہیں زندہ رہنے کے مشکل کام سے نجات دلا دیتی تھی۔ اب تو انسان بھی موت کا بھیانک ہاتھ اپنی طرف بڑھتے دیکھ رہے تھے۔ دوستیاں، محبتیں، جان پہچان، ہمسایگی اور مروت جیسے پورے ضلعے سے اٹھتی جا رہی تھی جس کے پاس ایک دو وقت کے کھانے کو ہوتا وہ گھر میں بند ہو جاتا کہ کہیں پڑوس کی بھوک سوال بن کر سامنے نہ آ کھڑی ہو۔ کیسی شرمندگی تھی کہ ہمسائے سے ہمسایہ آنکھ ملانے کی ہمت نہیں کرتا تھا۔ منھ چھپائے چھپائے پھرتا تھا۔ جنہیں وسائل میسر تھے، جن کے پیروں میں اتنا دم تھا کہ انہیں عذاب جھیلتے ہوئے ان علاقوں سے کھینچ کر لے جا سکتے، وہ جا چکے

تھے۔ دریا سے دور پانی سے ترسی ہوئی زمینیں یوں لگتی تھیں جیسے ان کے مالک مدتیں ہوئیں، مر چکے ہوں اور اب ان زمینوں کا وارث کوئی نہ ہو۔ جس زمین کے ایک ایک بالشت کے لیے کچہریوں میں برسوں مقدمے چلتے، لاٹھیاں کھنچ جاتیں اور سر پھوٹتے تھے وہ اب بے دعویٰ خشک سالی کے حوالے کر دی گئی تھی۔

دریا سے دور ایک فضل علی کا قطعہ زمین تھا کہ انسان کی محنت کے آثار لیے سارا سارا دن سفاک سورج کی بے رحم لپٹوں میں مٹیالے کپڑے کے بہت بڑے تھان کی طرح کھلا ہلتا رہتا۔ شام ہو جاتی، رات آتی تو پھر وہی ہوتا کہ ایک کشیدہ قامت سایہ جو جوانی کی چلت پھرت کے ساتھ اللہ اللہ کے آہنگ پر پھاوڑا چلاتا، کھیت میں بیتابانہ گشت کرتا اور ناممکن کو ممکن بنانے کی سعی میں رات سے صبح کر دیتا۔ فضل علی گھڑی بھر کو دم لینے بیٹھتے تو مشقت سے دکھتے ہوئے بدن کو آرام تو کیا ملتا تھکن کچھ اور گہری ہو جاتی اور طرح طرح کے وہم دل کو گھیر لیتے۔ یہ آخری دانے بھی اکھوے نہ لائے تو سب کا کیا ہو گا۔ مگر توکل کا مہربان ہاتھ دل پر اپنا ٹھنڈا سایہ ڈالتا، یاد آتا کہ رزاق فضل علی تو نہیں ہے، پھر فکر کس بات کی، فضل علی کا کام تو محنت کرنا ہے سو وہ کیے جاتا ہے۔ اور فضل علی کا کام تو اپنے رب سے گڑگڑا کر اپنے ہمسایوں کے لیے اور اپنے لیے مانگنا ہے۔ سو مانگے جاتا ہے۔ وہ وسوسوں پر توبہ واستغفار کرتے اور پھاوڑے کا دستہ پکڑ اٹھ کھڑے ہوتے۔

مگر یہ بے رحم حقیقت کشت جاں پر گرد وغبار کے بھورے بادلوں کی طرح مسلط تھی کہ یہ دانے جو بکھیرے جاتے ہیں آخری ہیں اور آدمی کے بس میں جتنا کچھ تھا وہ کیا جا چکا اور اب صرف دریا سے ڈھو ڈھو کر پانی لانا اور دعا کرنا ہی رہ گیا ہے۔ بھوک اور مایوسی کے ہاتھوں کیا بوڑھے کیا جوان سب ہی نڈھال تھے مگر گنتی کے وہ جوان جو علاقہ چھوڑ کر نہ جا سکے تھے اور فضل علی کے کنبے قبیلے سے تعلق رکھتے تھے یا ساتھ کے کھیلے ہوئے تھے

یا ان کی ثابت قدمی اور جذبۂ خدمت سے متاثر تھے کبھی کبھی ان کا ہاتھ بٹانے آموجود ہوتے۔ مگر ایسا کبھی کبھی ہوتا تھا۔ دوسرے چوتھے کبھی کچھ پیٹ کو مل گیا تو نوجوانی کی غیرت نے جوش مارا اور اپنے اپنے پھاوڑے، مشکیزے، چھاگلیں اور برتن لے کر آ گئے اور پتھر سی زمین سے کچھ دیر جھوجھ لیے۔ کبھی تو یہ تعداد بارہ پندرہ تک پہنچ جاتی اور کبھی کبھی تایوں، چچوں، پھوپیوں کے دو تین بیٹوں کے سوا کوئی اور نہ ہوتا۔

بڑی جماعت دریا سے پانی لانے چلی جاتی جو بجائے خود پہاڑ سر کرنے کے برابر تھا۔ ایک دو نوجوان فضل علی کے ساتھ زمین توڑنے بنانے میں لگ جاتے۔ مگر یہ کام نسبتاً زیادہ تھکا دینے والا، زیادہ ہمت شکن اور صبر آزما تھا۔ فضل تنہا ہوتے تو خاموشی سے سر جھکائے ذکر کرتے رہتے۔ سانسوں کی آون جاون کے ساتھ اللہ اللہ کا ورد جاری رہتا۔ کوئی ایک بھی جوان ساتھ ہوتا تو فضل لہک لہک کر قرآن سناتے، ساتھ ساتھ اپنے علاقے کی زبان، اپنے محاورے میں ترجمہ بھی کرتے جاتے۔ ان کی سادہ پر اثر آواز سناٹے میں دور تک تیرتی چلی جاتی۔ ہاتھ پھاوڑے کے دستے پر جمے اپنا صبر آزما کام جاری رکھتے اور ادھ کھلی آنکھیں جیسے مٹی پر پھیلتی تاروں کی ہلکی چمک میں اپنے رب کی نشانیاں ڈھونڈتی رہتیں۔

ایک رات اسی طرح تلاوت اور ترجمہ جاری تھا۔ فضل سورہ رحمٰن پڑھ رہے تھے کہ دریا سے آتے ہوئے پانی لانے والی جماعت میں ایک جوان پانی کے چھلکتے برتنوں سے بھری گاڑی دھکیلتے دھکیلتے ذرا کمر سیدھی کرنے کو رکا، دور سے فضل علی کا پرسوز لحن سن کر نیم دلی سے ہنسا اور بجھی ہوئی آواز میں ایک تھوڑی سی چمک شامل کر کے بولا، "بھائی فضل علی، رب کو اس کا وعدہ یاد دلا رہے ہیں۔" دو ایک نے خوش مزاجی سے اتفاق کیا اور یہ سب گاڑی کھینچتے پھر چل پڑے۔ کھیت پر پہنچے تو فضل اور ان کے ساتھیوں کو خاموشی

سے کام کرتے ہوئے پایا۔ فضل علی ایک رکوع پڑھنے کے بعد خاموش ہوگئے تھے۔ بس پھاوڑوں کی کھسر کھسر سنائی دے رہی تھی یا مشقت کرنے والوں کی گہری گہری سانسیں۔

ٹیڑھی میڑھی ٹاہلی کے پاس پہنچ کر پانی لانے والوں نے گاڑی سے برتن اتار اتار کر رکھنا شروع کر دیے۔ ایک ایک کر کے برتنوں کے پاس آگئے اور آبخورے بھر بھر خالی پیٹ کو ٹھنڈے پانی سے بہلانے لگے۔ کچھ نے چلو میں پانی لے کر منھ پر چھینٹے مارے اور امکان بھر تازہ دم ہونے کی کوشش کی۔ آخر میں فضل علی اپنا پھاوڑا کاندھے پر رکھے سر جھکائے سب کے پاس آکھڑے ہوئے۔ کسی نے چھلکتا ہوا آبخورہ ان کی طرف بھی بڑھا دیا۔ گھٹنوں سے پھاوڑے کا دستہ ٹکا کر دونوں ہاتھوں سے آبخورہ سنبھالا، بیٹھ گئے، ایک چھوٹا سا گھونٹ بھرا اور پانی لانے والے اس نوجوان کی طرف دیکھ کر کہ جس نے رب کو وعدہ یاد دلانے والا فقرہ کہا تھا آہستہ سے بولے، "بیبے۔۔۔ ابھی ابھی اپنے رحمن والی سورۃ پڑھتے ہوئے میں نے ایک بات سوچی تھی اور رب معاف کرے تھوڑے سے شکوے کے ساتھ سوچی تھی کہ میں جو یہ نعمتوں والی آیتیں پڑھ رہا ہوں اور جو میرا نعمتوں والا رب ہے تو اس میووں، پھلوں، اناجوں والے نے میانوالی کو کہیں بھلا تو نہیں دیا۔ اور میں کیڑا فضل علی کہیں اس خزانوں، بھنڈاروں والے کو رحمن والی سورۃ پڑھ پڑھ کر یاد تو نہیں دلانے لگا۔"

پھر زخمی پرندے کی طرح چیخ ماری اور کانپتی ہوئی آواز میں پکارے، "او میری یہ مجال کہ میں اس رزقوں والے کو اس کی رزاقی یاد دلاؤں۔۔۔ اور میری یہ مجال، میری یہ مجال۔" پھر وہ آہستہ آہستہ کچھ پڑھنے لگے۔ دونوں ہاتھوں میں آبخورہ اسی طرح سنبھالا ہوا تھا۔ پسینے میں تر اپنی پیشانی کو آبخورے کی ٹھنڈی سطح سے مس کیا اور دھیرے سے

بولے، "پر بیبے، مجھے سمجھ آ گئی، پڑھتے پڑھتے بھول تو میں گیا تھا، بھولنے والا تو فضل علی ہے، بھولنے والا تو فضل علی ہے، بھولنے والے تو ہم سب ہیں۔ اس کی رحمتوں والی ہوا تو بہہ رہی ہے۔ اس کا نعمتوں والا دریا تو اچھل رہا ہے۔۔۔"

پھر انہوں نے اپنی کھردری ہتھیلی کا پیالہ سا بنا کر اس الٹے پیالے سے مٹی کو تھپکی دی، "او یارو، اس کے نعمتوں والے اناج تو یہ سوئے پڑے ہیں۔" دوسروں کی طرح وہ نوجوان بھی جسے فضل علی نے بیبے کہہ کر پکارا تھا، سناٹے میں کھڑا ان کی بات سن رہا تھا۔ خاموش رہنے والے بھائی فضل آج اتنے جذبے اتنے جوش سے اتنی بہت سی باتیں کہہ گئے اور یہ کیسے ہوا کہ جو بات میل آدھا میل دور بیبے نے چلتے چلتے سوچی اور خوش مزاجی سے اپنے ساتھیوں سے کہہ دی، وہی بات بھائی فضل بھی سوچتے تھے اور اس کا اپنا حساب کرتے تھے۔

بیبے نے فضل علی کو اس حال میں کبھی نہیں دیکھا تھا۔ یہ سیدھا سادہ خاموش طبیعت جوان، پورا بچپن جس کے ساتھ کھیل کود میں بسر کیا، لڑکپن دریا کنارے دوڑیں لگاتے، پہاڑی ٹیلوں پر چڑھتے اترتے گزارا، آج اتنی گہری باتیں کر رہا ہے۔ خدا مست لوگوں کی کچھ دن کی صحبت نے اس پر یہ کیسا جادو کر دیا ہے کہ سیانوں کی طرح اپنے اور دوسروں کے اندر اتر کر گتھیاں سلجھانے لگا ہے۔ کیا مسلسل فاقوں نے اور دن رات کی جان توڑ محنت نے اس میں چھپی ہوئی کوئی قوت بیدار کر دی ہے جو یہ دلوں میں جھانکنے لگا، خیالوں کو پڑھنے لگا، پڑھانے لگا۔

بیبے کو اپنے لڑکپن کا وہ فضل یاد آیا جو اس کے ساتھ صرف اس لیے صبح تڑکے گھر سے نکل جاتا اور شام تک کالا باغ کی پہاڑیوں کے ایک ایک درخت پر چڑھتا اترتا کہ کہیں اس کو طوطے کا گھونسلا مل جائے۔ وہ طوطے کا بچہ پالنا چاہتا تھا۔ کہتا تھا میں اسے بولنا

سکھاؤں گا۔ بیبا گھونسلے کی تلاش میں تھک چکا تھا، ایک ہی کھیل آخر کتنے دن تک کھیلا جاتا، اس نے جھلا کر کہہ دیا، "او فضل پہلے خود تو بولنا سیکھ لے طوطے کو کیا پڑھائے گا۔ پہلے خود تو پڑھ لے۔" فضل خاموش ہو گیا۔ دونوں نے اس دن سے درختوں پر چڑھنا اترنا، کالا باغ کی پہاڑیوں کا گشت لگانا چھوڑ دیا۔ بیبے کو بعد میں افسوس بھی ہوا کہ فضل کا اتنے مزے کا کھیل اس نے ختم کرا دیا۔ اس نے ایک دن فضل علی کو پھر سے آمادہ کرنے کی کوشش بھی کی۔ اس سے کہا بھی کہ یارا ہنسی کی بات کا تو نے اتنا اثر لیا ہے۔ چل درختوں میں طوطے بولنے لگے ہیں۔ ہری ہری ٹکڑیاں دریا کے پار سے آ آ کر کالا باغ کے جھنڈوں میں اترنے لگی ہیں۔ ایک ہی چکر میں تیرے مطلب کا بچہ مل جائے گا مگر فضل ہنس کر ٹال گیا۔ بیبے نے بہت پیچھا لیا تو کہنے لگا، "بیبے تو نے ٹھیک کہا تھا، طوطا پڑھانے میں کوئی مزا نہیں۔"

پھر اس نے کئی روز فضل کو بستی میں نہیں دیکھا۔ دریا کنارے کبڈی کے مقابلوں میں، بازاروں باڑوں میں فضل کہیں نظر نہ آیا تو گھر والوں سے اس کی خیر خیریت پوچھنے نکلا۔ دیکھا کہ گھر والے تو کہیں گئے ہوئے ہیں۔ فضل کی کوٹھری سے اس کے زور زور سے قرآن پڑھنے کی آواز آ رہی ہے۔ بیبا باہر کھاٹ پر جا بیٹھا اور انتظار کرنے لگا۔ کچھ دیر میں فضل کی رشتے دار ایک ضعیفہ ادھر سے گزری تو اسے خاموشی سے کھاٹ پر بیٹھے دیکھا، پوچھنے لگی یہاں کیسے بیٹھا ہے، اندر کیوں نہیں جاتا۔ بیبے نے کہا کہ بھائی فضل تلاوت کر رہا ہے۔ وہ پڑھ لے تو پھر اندر جاؤں۔ "اس کا پڑھنا نہیں ختم ہوتا۔ تو اندر چلا جا، بات کر لے۔" بیبا اندر گیا تو دیکھا کوٹھری کی واحد چھوٹی سی 'کھڑکیا' کے پٹ بند ہیں۔ کھلے دروازے سے آتی ہلکی روشنی میں فضل اپنے بستر پر بیٹھا، تکیوں پر قرآن مجید رکھے ایک سرشاری کے عالم میں تلاوت کر رہا ہے۔ بیبا دروازے پر رکا اور پھر وہیں کھڑا رہ گیا۔

چند روز میں اس کا دوست فضل علی کوئی دوسرا ہی فضل ہو گیا تھا۔ چہرہ ستا ہوا تھا جیسے کسی گہری فکر نے اس کے لڑکپن کے بھرے بھرے چہرے کو نچوڑ لیا ہو۔ مگر یہ کسی بیمار چہرے کے نقوش نہیں تھے۔ یوں لگتا تھا جیسے مشقت سے خوب تپے ہوئے چہرے پر کسی ان دیکھی آنچ کا عکس پڑ رہا ہو۔ دروازے سے آتی روشنی اور تکیوں پر رکھے مصحف کے درمیان ایک سایہ آ کھڑا ہوا تو فضل علی نے نظر اٹھائی۔ بیبے نے اس کی آنکھوں سے آنکھیں ملائیں تو دیکھا کہ ایک عجب طرح کا سویا سویا پن اور دوری ان آنکھوں میں تھی۔ لمحے بھر کو بیبے نے محسوس کیا کہ وہ کسی اجنبی کے سامنے کھڑا ہے اور خود اس کے لیے اجنبی ہے۔ پھر پہچان کی ایک تیز لہر ان آنکھوں میں دوڑ گئی۔ فضل علی نے زیر لب "صدق اللہ العظیم" کہہ کر مصحف کو بند کیا، بوسہ دیا اور آہستگی کے ساتھ بستر سے اتر آیا۔

"آؤ بیبے، کدھر رہ گیا تھا یارا!" یہ آواز اس کے بچپن کے دوست فضل علی کی تھی، وہی کھلنڈرے پن کی چمک، وہی بے تکلفی، وہی لڑکپن۔ بیبے نے اس کے بڑھتے ہوئے ہاتھوں کو اپنے ہاتھ میں لیا اور وہ دونوں کوٹھری سے باہر آ گئے۔

"میں کدھر ہی رہ گیا تھا کہ تو آپ گھر میں گھسا بیٹھا ہے؟"

وہ دونوں فضل کے باڑے میں آ گئے۔ باتیں کرنے لگے۔ بیبے نے فضل کی غیر حاضری میں ہونے والے واقعات، کھیل، لڑائی بھڑائی کے قصے تفصیل کے ساتھ بیان کیے۔ کئی بار اس کا جی چاہا کہ فضل سے اس کے اچانک گھر بیٹھ جانے کے بارے میں پوچھے مگر ہر بار اسے نیم روشن کوٹھری میں بستر پر بیٹھے ہوئے اس دوسرے فضل علی کا اجنبی چہرہ یاد آ جاتا اور وہ کچھ اور باتیں شروع کر دیتا۔ ان کھلنڈری باتوں کے درمیان وہ اس نئے فضل علی کو بھول جانا چاہتا تھا۔ پتہ نہیں وہ کس بات سے خوفزدہ تھا۔ آخر رخصت

ہوتے ہوئے بیبے نے ہمت کر کے پوچھ ہی لیا کہ کل طوطے کا گھونسلا تلاش کرنے فضل اس کے ساتھ چلے گا کہ نہیں۔ فضل نے ہنستے ہنستے ایک لفظ میں جواب دیا، "نہیں۔"

اب جو بات کہہ دی تھی تو بیبا اسے ادھوری نہیں چھوڑنا چاہتا تھا۔ "اویار۔ ابھی تک تجھے غصہ ہے؟"

"کیسا غصہ؟" فضل علی نے واقعی حیران ہو کر پوچھا۔

"یہی جو میں نے تجھے طعنہ دیا تھا کہ پہلے خود بولنا سیکھ لے، پہلے خود پڑھ لے۔"

"اچھا۔۔۔ وہ۔" فضل علی بہت دیر تک خاموش کھڑا رہا، پھر آہستہ سے کہنے لگا، "تو نے طعنہ نہیں دیا تھا یارا، ٹھیک کہا تھا۔ وہ طوطا پڑھانے میں کچھ مزا نہیں۔" پھر دھیرے سے اپنے سینے کو تھپتھپا کر بولا، "اب تو یہ طوطا پڑھاؤں گا۔" بیبے کی سمجھ میں کچھ آیا کچھ نہ آیا۔ وہ جو کبڈی کے مقابلوں کی بات کرتا تھا اور کیلے کے تنے سے چمٹ کر دریا کے ساتھ ساتھ بہنے کے کھیل کی سوچتا تھا اور پہاڑیوں پر دوڑ کر چڑھنے اترنے کا قصہ سناتا تھا تو سب باتیں بیبے کی سمجھ میں آتی تھیں لیکن بڑی عمر کے لوگوں کی طرح گہری گہری باتیں کرنا اس کی سمجھ میں نہ آیا۔ پھر بھی کوشش کر کے اس نے ایک سوال سوچا اور فضل علی سے پوچھ لیا۔

"فضل، تو نے مولوی بخشے جی سے کلام مجید تو پڑھ لیا تھا۔ تو تو پہلے ہی فر فر پڑھنے لگا تھا اب اور کیا پڑھے گا؟" فضل جواب دینے سے پہلے کچھ دیر رکا پھر بولا، "فضل علی کی زبان نے بے شک کلام پڑھ لیا۔ اب فضل علی کلام پڑھے گا۔ مولوی بخشے جی نے حکم دیا ہے۔ میں بابا دامانی کی حاضری میں جا رہا ہوں۔۔۔ کل۔"

حضرت خواجہ عثمان دامانی اللہ لوک تھے۔ بیبے نے ان کا نام سنا تو ادب سے اپنے سر پر ٹوپی ٹھیک کی۔ وہ ایک بار اپنے تایا کے ساتھ حضرت بابا دامانی کے ڈیرے پر حاضری

دے چکا تھا۔ ایک سفید براق بزرگ صاف اور سادہ موٹے کھردرے کپڑوں میں مصلے پر بیٹھے ہوئے، مسکراتے ہوئے، نرمی اور پیار سے لوگوں کی باتیں سن سن کر ان سے اچھی اچھی باتیں کہتے ہوئے، یا خاموش آنکھیں بند کیے تسبیح پھیرتے ہوئے، اللہ اللہ کرتے ہوئے۔ یہ بابا دامانی تھے۔ بیبا ڈاڈے ملک کو بھی دیکھ چکا تھا۔ رعب دار گھنی کالی مونچھوں والا سرخ و سفید چہرہ تھا ملک کا، دیکھے سے دہشت ہوتی تھی مگر بابا دامانی کے رعب سے دہشت نہیں ہوتی تھی، بڑا اچھا ٹھنڈا ٹھنڈا لگتا تھا۔ وہ آنکھیں کھولے ہوتے تو ان کی آنکھیں ڈاڈے ملک سے دسیوں گنا خوبصورت اور چمکدار لگتی تھیں۔ پھر بھی زیادہ دیر تک بیبا ان آنکھوں کی طرف نہیں دیکھ سکا تھا۔ بیبے کو ایسا لگا تھا جیسے بابا کی طرف ایک دم اس طرح دیکھ کر وہ کوئی گستاخی کر رہا ہے۔

فضل علی۔۔۔سے یہ سن کر کہ وہ بابا عثمان دامانی کی حاضری میں جارہا ہے بیبا سوچتا رہ گیا۔ یہ فضل میرا دوست اتنے بڑے بابا کی حاضری میں جارہا ہے۔ یہ ان سے کلام مجید پڑھے گا۔ یہ تو بہت بڑی بات ہے۔ مولوی بخشے کہتے ہیں کہ حضرت خواجہ عثمان دامانی تو اس علاقے میں اللہ کی رحمت کی طرح ہیں۔ جس نے دل لگا کر ان کی دو باتیں سن لیں، وہ سمجھو پار اتر گیا، تو یہ فضل علی میرا یار کون سے دریا پار اترے گا۔ یہ جو اتنے ڈاڈے اللہ لوک کی حاضری میں جارہا ہے تو یہ بے شک بڑی بات ہے لیکن بیبے کا ایک یار تو اس سے دور چلا جائے گا۔ جوڑی تو ٹوٹ جائے گی۔ اس بات سے وہ کچھ اداس ہو گیا اور دوسرے دن آنے کا وعدہ کر کے بوجھل دل کے ساتھ اپنے گھر آ گیا۔

اگلا دن بیبے کے لیے بہت اداس کرنے والا دن تھا۔ فضل علی اس کا یار آج کالا باغ سے جارہا تھا۔ اللہ لوک درویشوں کے وہاں آدمی کیوں جاتا ہے، بیبے کو معلوم نہیں تھا۔ اسے یہ بھی معلوم نہیں تھا کہ پھر آدمی وہ نہیں رہتا جو جانے سے پہلے ہوتا ہے۔ تو فضل

علی اور بیبے کی جوڑی ٹوٹ گئی۔ اب دریا میں تیرنے، درختوں پر چڑھنے اور دوڑیں لگانے کا زمانہ ختم ہوگیا۔ فضل علی کے لیے بھی اور بیبے کے لیے بھی۔ یہ بات اس نے تیز تیز قدموں سے مولوی بخشے جی کے ڈیرے کی طرف بڑھتے ہوئے فضل علی کے انداز میں دیکھ لی تھی۔

اسے یاد تھا، فضل علی گلے میں کلام مجید ڈالے، ہاتھ میں کپڑوں اور بھنی مکئی کے دانوں کی پوٹلی سنبھالے چھوٹے چھوٹے ٹیلوں پر آگے آگے یوں چڑھتا اترتا چلا جارہا تھا کہ جیسے سفر کے آخر میں اسے کوئی انعام ملنے والا ہو۔ مولوی بخشے جی کے مکتب میں یہ دونوں ساتھ ساتھ جاتے رہے تھے مگر آج کا جانا عجیب طرح کا تھا۔ دونوں خاموش تھے۔ ایک دوبار بیبے نے فضل سے بات کرنے کی کوشش کی مگر وہ منہ ہی منہ میں کچھ پڑھتا ہوا اس کی طرف دیکھ کر مسکرایا تھا اور بس۔ بیبے کو یقین تھا فضل علی نے اس کی بات ہی نہیں سنی تھی، جواب کیا دیتا۔ آخر چھوٹے ٹبے کے پاس پہنچ کر فضل علی رکا۔ اپنی پوٹلی ایک پتھر پر رکھ دی اور دونوں ہاتھ پھیلا کر بیبے سے معانقہ کیا۔ کہنیوں سے اوپر اس کے بازو تھام کر ہلکا سا جھٹکا دیا اور بس ایک فقرہ کہا، "بیبے یارا میرے لیے دعا کرنا۔"

بیبے نے سر ہلا کر وعدہ کر لیا۔ یہ لوگ نماز کے بعد تو دعا کرتے ہی تھے۔ اور رب سے اچھی صحت، روزی رزق کے لیے اور اپنے ماں باپ کے لیے دعا مانگتے تھے مگر یاروں دوستوں کے لئے دعا کرنے والی بات بیبے نے کبھی نہیں سوچی تھی۔ ٹھیک ہے یار دوست بھی تو ماں باپ کی طرح پیارے ہوتے ہیں۔ ان کے لیے بھی دعا کرنی چاہئے۔ بیبے نے ٹبے سے اترتے ہوئے سوچا۔ گھوم کر دیکھا تو فضل علی جا چکا تھا۔

وہ فضل علی جسے بیبے نے ٹبے سے رخصت کیا تھا لوٹ کر پھر نہ آیا۔ دنوں بعد، بہت دنوں بعد بھائی فضل علی ضرور آیا، جس کے گالوں پر چھوٹی سی نرم ریشمی داڑھی

تھی، جس کے بال لہراتے ہوئے کاندھوں تک آتے تھے، جو سر جھکا کر آہستگی سے کبھی ایک آدھ فقرہ کہہ دیتا تھا ورنہ ہر وقت منہ ہی منہ میں کچھ پڑھتا رہا تھا۔ جو کالا باغ کے غریبوں، مفلسوں کے لئے ہر وقت مستعد رہتا تھا، جسے خالی فضل یا فضل علی کہتے ہوئے اب جھجھک محسوس ہوتی تھی۔ یہ تو بھا فضل یا بھائی فضل علی تھا جسے بڑے بوڑھے بھی کھڑے ہو کر تعظیم دیتے تھے۔ جو بے آسرا بوڑھوں، اپاہجوں کے کپڑے اٹھا کر دریا پر چلا جاتا اور انہیں دھو سکھا کر لے آتا۔ بیماروں، بے گھروں، مسافروں کے لئے اپنے گھر باڑے سے مکئی کی روٹی اور دودھ لے کر سب سے پہلے آموجود ہوتا۔ اور جب سے رب میانوالی پر غصہ ہوا تھا اور بارشیں ادھر آنا بھول گئی تھیں اور بھوک اور قحط کے بدصورت گدھ کالا باغ کے ٹیلوں ٹبوں پر آن بیٹھے تھے؛ بھائی فضل علی کسی جلالی درویش کی طرح زمین کی چھاتی سے چمٹ گیا تھا، ہلکان ہو ہو کے اس سے اللہ کے بندوں کا حق طلب کر رہا تھا۔

اول اول تو اس نے ملکوں، معتبروں کو اللہ اور رسول کا حکم سنایا، ہمسایوں کے حق کا واسطہ دیا تھا، اور خیر خیرات کے طور پر انسانوں کے لئے تھوڑا کچھ اناج اور جانوروں کے لئے گاڑی دو گاڑی چارا حاصل کرنے میں کامیاب بھی ہو گیا تھا، مگر جیسے جیسے عذاب کے دن لمبے ہوتے گئے، ملکوں، معتبروں کی آنکھوں میں خود غرضی کے گدھ آ آکر بیٹھنے لگے۔ لالچ نے سرداروں کو عامیوں کا محافظ نہ رہنے دیا۔ معتبروں کو نا معتبر بنا دیا اور کالا باغ کے غریبوں، مسکینوں کے لئے ان کی ڈیوڑھیوں سے ملنے والے دانے کم سے کم ہوتے گئے۔ پھر وہ دن آئے کہ ملکوں نے میانوالی کو خیر باد کہا اور اپنی دوسری ہری بھری زمینوں پر آرام کرنے چلے گئے۔

لوگوں نے سنا کہ ڈاڈا ملک کسی باہر والے کو دریا پر ماہی گیری کا ٹھیکا دے کر خود کہیں

جانے والا ہے تو انہوں نے بھائی فضل سے درخواست کی کہ وہ بات کریں۔ آخر کالا باغ سے گزرنے والے دریا پر کالا باغ کے لوگوں کا حق نہیں ہو گا تو اور کس کا ہو گا۔ بڑے بوڑھوں نے ڈاڈے ملک کے کارندوں سے گھگھیا کر کہا کہ ملک کی روبکاری میں بھائی فضل کی پیشی کرا دو، اسے کچھ عرض کرنا ہے تو انہوں نے مونچھیں مروڑتے ہوئے جواب دیا ،"قریشیوں کے بڑے بوڑھے کدھر گئے، جو ان کے بچے ڈاڈے ملک کے سامنے درخواست گزارنا چاہتے ہیں؟ اپنے بھا فضل سے کہو اسے اپنے کٹمب کے لیے بوری دو بوری دانے چاہئیں یا مال مویشی کے لیے گاڑی بھر چارا درکار ہے تو ہم سے بات کرے۔ یہ سب چھوڑے جو کر رہا ہے۔ جمعہ جمعہ آٹھ دن کی پیدائش، یہ جو خدائی فوجدار اور درویش بنا پھرتا ہے تو بات ابھی ڈاڈے ملک تک نہیں پہنچی ہے۔ اس سے کہو دوسروں کی طرح بندہ بن کے رہے۔ ہم اس کے لیے مہینے دو مہینے کا بندوبست کرائے دیتے ہیں۔ باقی پورے میانوالی کا ٹھیکا نہیں لیا ہے کسی نے۔ مصیبتیں سب پر آئی ہوئی ہیں۔۔۔ ہاں۔" اور وہ مونچھیں مروڑتے ہوئے چلے گئے۔

دنیوی وسیلوں میں اب صرف یہ قطعہ زمین ہی تھا جس سے بھائی فضل تن تنہا جھوجھنے پر کمر باندھ چکے تھے، ان کے ساتھ گنتی کے یہ چند جوان تھے۔ یہ لوگ دو بار بیج ڈال چکے تھے۔ اب تیسری بار بیج بکھیرا جا رہا تھا۔ پرانے کسانوں نے مایوسی سے سر ہلائے۔ "بھائی فضل کو سمجھاؤ کہیں ایسے فصلیں اپجتی ہیں۔ دانے مٹی میں ملانے سے فائدہ؟" مگر قطرہ قطرہ پانی اکٹھا کیا جا رہا تھا، اس امید پر کہ اللہ کے کرم کے اکھوے اس زمین میں پھوٹیں گے تو آنے والے دنوں میں شاید پیٹ بھر کر کھانے کو ملے۔

تو یہ مشقت کے اس مرحلے کی آخری رات تھی اور بھائی فضل نے کھیت کے بیچ بیٹھ کر اس کی بے مروت مٹی کو یوں تھپکی دی تھی جیسے وہ ان کی سدھائی ہوئی گھوڑی ہو اور

بیبے سے، اپنے ہم عمر جوانوں سے بڑے جذبے، بڑے جوش کے ساتھ کہا تھا کہ رزقوں والے رزاق کے نعمتوں والے اناج تو یہ سوئے پڑے ہیں۔ بیبے نے ایک عجیب سے بھروسے کے ساتھ تاروں کی دھندلی چمک میں پڑے ہوئے کھیت کی طرف دیکھا۔ کیا پتہ بھائی فضل کی تھپکی ان سوتے ہوئے اناجوں کو جگا ہی دے۔ اللہ کے لاڈلوں، اس کے مستی والے درویشوں کے پارس سے چھوکر اب جو بھائی فضل کندن ہو آیا ہے تو شاید مولا کریم اس کی لاج رکھ لیں گے۔

صبح ہوتے ہوتے درویشوں کے پارس سے چھوکر کندن بن جانے والے فضل علی نے کام ختم کیا اور باجماعت نماز فجر ادا کی۔ اپنی محنت میں برکت کے لیے دعا مانگی اور ٹاہلی کے ٹیڑھے درخت کی ایک موٹی جڑ پر سر ٹکا کر لیٹ گئے اور بے بادل آسمان کو گھورتے رہے۔ پتہ نہیں اندر کندن بنا کہ رانگے کا رانگا ہی رہا۔ پتہ نہیں طوطے نے پڑھ کے دیا کہ گونگے کا گونگا ہی رہا۔ کالا باغ سے پہلی بار نکلنا انہیں یاد تھا۔

حضرت خواجہ عثمان دامانی کی حاضری میں جب انہیں پیش کیا گیا تو ان سے زیادہ مولوی بخشے جی کی حالت غیر تھی۔ ہکلا ہکلا کر مولوی جی نے کہا کہ حضور خواجہ سائیں یہ بچہ اللہ کے کلام سے محبت کرتا ہے۔ تجوید اس حقیر کو جتنی آتی تھی، سکھلا دی۔ ترجمہ اور تفسیر اس دربار میں سیکھ لے گا اور خواجہ سائیں سرکار کی نظر ہو گئی تو راہِ سلوک پر چل پڑے گا۔ آگے اس کے نصیب۔ بندگانِ خدا کے کام آنا اس نے اپنے کٹمب قبیلے سے سیکھا ہے۔۔۔ کالا باغ کے سجل قریشیوں کا پتر ہے ویسے ان گھڑ کسان بچہ ہے۔۔۔ اجازت ہو جائے تو حاضری میں موجود رہے۔

سفید براق خواجہ سائیں کے مسکراتے ہوئے چہرے پر جیسے خاص فضل علی کے لیے پیار کی ایک لہر آئی۔ وہ کچھ دیر فضل علی کے چہرے پر آتے جاتے رنگ دیکھتے رہے۔

اشارے سے قریب بلایا، شانے پر ہاتھ رکھا اور میٹھی آواز میں بولے، "ان گھڑ ہے مگر اصیل ہے۔ مولوی جی، بوڑھے عثمان کو اب اتنی مہلت نہیں ملے گی کہ اس بچے کی خدمت کر سکے۔ چھوڑ جاؤ۔ دندے والے سید سے بات ہو گی۔ آگے جو صاحب کی مرضی۔" اور یہ صاحب ہی کی مرضی تھی کہ فضل علی، حضرت خواجہ عثمان دامانی کے دامانِ عاطفت کی پناہ میں زیادہ دن نہ رہ سکے۔ خواجہ سائیں نے ان کا ہاتھ اپنے خلیفہ اول سید لعل شاہ دندانی سکیسری کے ہاتھ میں دے دیا اور مسکرا کر فرمایا، "دندے والے سید کے ساتھ چلے جاؤ، یہاں سے آگے راستے نکلیں گے۔"

اور دندہ وہ بستی تھی جہاں فضل علی پر اللہ کا کرم خاص شروع ہوا۔ سید لعل شاہ دندانی نے تربیت کا آغاز کیا اور مدارجِ سلوک طے کروانے شروع کیے۔ ناتراشیدہ ہیرے کو تراشا جا رہا تھا۔ آب دی جا رہی تھی۔ مگر فضل علی ابھی لاتعین کے دائرے تک بھی نہیں پہنچائے جا سکے تھے کہ صاحب کی طرف سے سید لعل شاہ کا بلاوا آ گیا۔

"سیدی! مرشدی! سیدی! مولائی!" جھٹکے سے فضل علی اٹھ کر بیٹھ گئے۔ نئے سورج کی ہلکی روشنی میں، صبح کی ہلکی خنکی میں ایک تاریک رات کی یاد اپنا گہرا سایہ ڈالتی ہوئی گزر گئی تھی، پسینے میں جیسے نہائے ہوئے وہ ٹاہلی کے نیچے سے اٹھے اور تازہ بوائی کیے ہوئے کھیت کی مینڈ پر ٹہلنے لگے۔ پیرو مرشد کی مفارقت کا زخم پھر کیوں رسنے لگا۔ سید لعل شاہ کے بعد بھی اللہ نے انہیں بے آسرا تو نہیں چھوڑا تھا۔ ہاں اگر حضرت خواجہ عثمان دامانی کے فرزند خواجہ سراج الدین نہ سنبھال لیتے تو فضل علی تو دندے ہی میں مر گئے ہوتے۔ یہ صاحب کی مرضی تھی کہ سید لعل شاہ دندانی کے وصال کی خبر سن کر خواجہ سراج تعزیت کے لیے دندے تشریف لائے اور فضل علی کو اس حال میں دیکھا کہ مرشد کے بعد جینے کی امنگ جیسے ختم ہی ہو گئی ہے اور گریہ وزاری ہے کہ رکنے کا نام نہیں

لیتی۔ خواجہ سراج الدین کہ ان کے دادا پیر کے صاحبزادے تھے۔ مرشدی سید لعل شاہ کو حقیقی بھائی کے مثل اور باپ کے بعد رہنما جانتے تھے اور خود صاحب حال تھے۔۔۔ سو وہ سایہ دار بادل کی طرح آئے اور فضل علی کو نہال کر گئے۔

انہوں نے کالا باغ والے فضل علی کو غم واندوہ سے پچھاڑیں کھاتے دیکھا تو اپنے درویش باپ کے سے میٹھے لہجے میں پوچھا، "فضل علی، کیا مرنے والے کا سوگ منا رہے ہو؟" لہجے کی مٹھاس اور آواز کی کھنک حضرت خواجہ سائیں کی تھی۔ فضل علی نے آنکھیں کھولیں اور دوزانو ہو بیٹھے، سر جھکا لیا مگر آنکھوں سے آنسو رواں تھے۔ خواجہ سراج نے پھر سوال کیا، "فضل علی، بیٹے، کیا مرنے والے کا سوگ منا رہے ہو؟"

"اپنی قسمت کو روتا ہوں خواجہ سائیں۔ میں بدنصیب ان گھڑ کا اَن گھڑ ہی رہا۔۔۔ مرشد وصال کر گئے۔" خواجہ سراج نے اسی طرح مہربان لہجے میں پوچھا، "کیا پدر محترم نے ہاتھ پکڑ کر یہ نہیں کہا تھا کہ سید لعل شاہ کے ساتھ چلے جاؤ۔ یہاں سے آگے راستے نکلیں گے؟"

"بے شک، حضرت خواجہ سائیں درویش نے یہی فرمایا تھا۔"

"تو اللہ کی ذات پر بھروسا کرو، رستے نکلیں گے، جو نعمتیں واپس لیتا ہے، وہی نعمتیں دینا بھی جانتا ہے۔ کیا پتہ ہمارے نصیب میں ہی تمہاری کچھ خدمت کرنی لکھی ہو۔"

یہ بہت واضح حکم تھا۔ فضل علی نے اپنے کانپتے ہاتھوں سے خواجہ سراج الدین کا دایاں ہاتھ تھام لیا، اسے بوسہ دیا پھر اللہ اللہ کے نعرے مارتے ہوئے والہانہ رقص شروع کر دیا۔ حضرت خواجہ عثمان دامانی کی نسبت راست جو دندہ شریف پہنچ کر بالواسطہ ہو گئی تھی اب بلاواسطہ جاری ہو گئی کیونکہ خواجہ سائیں واصل باللہ کے فرزند خوش خصال خواجہ سراج الدین نے فضل علی کو تکمیل سلوک کے آخری مراحل طے کرانے کی خود سے

پیش کش کی تھی اور اس ہیرے کو تراشنے، آب دینے کا ذمہ لے لیا تھا۔ سو اس کے بعد موسیٰ خیل کا دربار فضل علی کی تربیت گاہ قرار پایا۔ اور وقت جو خالق زماں کی نشانیوں میں سے ایک نشانی ہے۔ وہ گزرتا ہے تو لگتا ہے ایک سبک سیر دریا ہے کہ بہتا چلا جاتا ہے تو کتنی ہی کنکریوں کو توڑ پھوڑ کر ریزہ ریزہ کرتا ہے، تو کتنے ہی سنگ ریزوں کو جلا دے کر آبدار موتی بناتا ہے۔

خواجہ سراج الدین موسی خیل سے بغرض علاج دہلی تشریف لے گئے اور چتلی قبر محلے میں حضرت میرزا مظہر جانجاناں اور حضرت شاہ غلام علی کے مزارات کے سجادہ نشیں حضرت شاہ ابوالخیر کے وہاں قیام کیا تو ایک گوہر آبدار کو تربیت صدف سے باہر آنے کا اذن ہوا۔ فضل علی کو بائیس خواجہ کی چوکھٹ سے طلب کیا گیا تھا۔ ارشاد شیخ تھا کہ فوراً دہلی پہنچو۔ دھڑکتے دل کے ساتھ فضل علی، موسیٰ خیل سے روانہ ہوئے، دہلی پہنچ کر شیخ کی قدم بوسی کی۔ خواجہ سراج نے حکم دیا کہ دستار خلافت لائی جائے۔ فضل علی لرزتے وجود کے ساتھ سر جھکائے گویا ایک خواب کے عالم میں دوزانو بیٹھے تھے۔ برستی آنکھیں جیسے راہِ سلوک کی تمام مسافتوں کی کہانی سنا رہی تھیں۔ حکم ہوا آگے آؤ۔ جوانِ صالح ارشاد کی تعمیل میں شیخ کے قدموں میں جھکتا چلا گیا۔

خواجہ سراج الدین نے اپنے ہاتھوں سے دستار باندھی، سند خلافت عطا کی تو ایک مستی کے عالم میں شیخ کے سجادے کو بوسہ دیا۔ سند خلافت کو اپنی عرق آلود پیشانی پر چسپاں کرلیا، اور اللہ کا نعرہ مار ایسی سرخوشی کے عالم میں رقص شروع کر دیا کہ مجلس میں موجود صاحبان حال وجد میں آگئے۔ دور دراز کی مسافتیں جھیلتا کالا باغ کے قریشیوں کا جوہر قابل جسے مولوی بخشے جی نے ان گھڑ کسان بچہ کہہ کر حضرت دامانی کے دربار میں پیش کیا تھا۔ بائیس خواجہ کی چوکھٹ پر رقص کناں اور نعرہ زناں طلوع ہو رہا تھا کہ اللہ اللہ

اللہ۔

اور اللہ اللہ اللہ کہ تازہ بوائی کیے ہوئے کھیت کی مینڈ پر کالا باغ کے روشن آسمان کے نیچے خاکستری رنگ کے گاڑھے کا پیوند لگا کرتا پہنے یہ خواجہ فضل علی قریشی تھے کہ رقص کرتے تھے۔ یہ اپنے بچپن کے دوستوں کے لئے بھا فضل تھے اور کالا باغ کے جوانوں، بوڑھوں، بچوں کے بھائی فضل علی تھے اور اب ہفتوں کی مشقت کے بعد تیسری بار، دریا سے دور پڑی اپنی ضدی زین میں بیج بکھیرنے کے بعد کسی باطنی اشارے سے خبر پاکر شکر گزاری میں رقص کرتے تھے کہ لگتا تھا، انہوں نے ابھی ابھی مٹی کی خاکستری چادر اوڑھ کر سوئے ہوئے بیج کو اکھوے نکالتے دیکھا ہے۔

فضل علی کی مرادوں کی فصل بھی تو تیسرے اشارے پر بارور ہوئی تھی، پہلے خواجہ عثمان دامانی نے پھر سید لعل شاہ دندانی نے ان کی دستگیری کی تھی۔ پھر خواجہ سراج الدین نے رستے پر ڈال خلافت کی سند و دستار دے انہیں بامراد کیا تھا۔ تو اللہ کے کرم سے یہ تیسری بوائی مشکور ہوئی تھی اور طریقت وسلوک کے اکھوے پھوٹنا شروع ہوئے تھے۔

تو شاید یہی کچھ اس کھیت کے ساتھ بھی ہونا ہے اور امر الٰہی بھی یہی ہے کہ مشقت کی جائے اور مشقت اور مجاہدے اور ریاضت کے بغیر کیوں کسی کو کچھ ملے۔ تو کیا محبوب خدا سے بڑھ کر کہیں کوئی ہوا ہے، تو کیا ایک پہاڑی کی کھوہ میں بیٹھے سرکار دوعالمؐ امر الٰہی کی تکمیل میں ریاضت نہیں فرماتے تھے، تو اللہ اللہ اللہ محبوب پاکؐ کے صدقے میں میرے دوستوں کی، میری اس حقیر ریاضت کو قبول فرما کہ اللہ اللہ اللہ کہ زمین تیری اور موسم تیرے اور آسمانوں سے اترنے والا پانی تیرا اور اگتی فصلوں کے چٹختے اکھوے تیرے کہ اس خاکستری چادر کو چیر کر تیرے سورج سے آنکھ ملاتے ہیں کہ تیری مٹی سے رس لیتے ہیں کہ تیری ہوا کے ساتھ لہلہاتے ہیں کہ اللہ اللہ اللہ اور اللہ اللہ اللہ اور اللہ اللہ اللہ۔

خواجہ فضل علی تین شب و روز کھیت کی مینڈ پر اگی ٹیڑھی میڑھی ٹاہلی کے نیچے بخار میں پڑے بھنتے رہے۔ کالا باغ کے جوان ضد کر کے انہیں بستی میں لے آئے تو بستی کی طرف آتے ہوئے بار بار ان سے وعدہ لیتے جاتے تھے کہ یارو، دریا سے پانی لانے میں کوتاہی تو نہیں کروگے، دیکھو اکھوے چل پڑے ہیں۔ دیکھو رب کی رحمت جوش میں ہے، اس کی پذیرائی میں کمی نہ ہونے پائے۔ بیبے نے خواجہ فضل علی کی جلتی ہوئی پیشانی پر ہاتھ رکھ کر وعدہ کیا کہ یار درویشا فکر نہ کر۔ ہم کالا باغ کے کنکر ہیں پر کسان بچے ہیں۔ درویش کی کھیتی کو سوکھنے نہیں دیں گے۔

پھر ایسا ہی ہوا کہ خواجہ فضل علی کے کھیت نے اکھوے نکالے اور جب پودے بالشت بالشت بھر کے ہوئے تو پورا کالا باغ دیکھنے کو اُمڈ آیا اور لوگوں نے ایک آواز ہو کر کہا کہ کالا باغ نے دنیا کو ایک درویش دیا اور خواجہ فضل علی اللہ لوک ہے اور قریشیوں کا سجل پتر تو بابا دامانی کا سچا جانشین ہے۔ اس کے فیض سے تو میانوالی سے قحط اور بھوک مری دفع ہوگی اور یہ تو ابر رحمت ہے بارش لے کر آئے گا اور لوگ اب خواجہ فضل علی قریشی کے حوالے سے بارشوں کی راہ دیکھنے لگے۔

اللہ اللہ کے آہنگ پر رقص کرنے والوں کا دائرہ بڑھنے لگا۔ بات ملکوں تک پہنچی تو تیک برداروں کی معیت میں مشکی گھوڑے پر چڑھ کر ڈاڈ ملک تک فضل علی قریشی کا کھیت دیکھنے آیا اور وہ بہت مرعوب ہوا۔ اس نے اپنے آدمیوں کو اشارہ کیا کہ خواجہ فضل علی کے لیے زندگی آسان کر دی جائے اور علاقے میں خیر خیرات کے کام بڑھا دیے جائیں۔ شاید کہ یہ جوان اللہ لوک ہے۔

اور ایک رات میں کسی وقت خواجہ کی آنکھ کھل گئی تو کسی آواز نے کہا کہ اب تو خلق اللہ کی خدمت میں بڑا مزا ہے کہ فضل علی قریشی کے رستے آسان ہوئے ہیں۔ بڑی بڑی

ناموریاں ملتی ہیں اور اب تو وہ رب جی کے چٹیوں چٹے نام کی، اس کے نوروں نور نام کی مشعل اٹھائے ہوئے دوڑا دوڑا جائے گا اور یہ تو دیکھو اس کے نصیب واہ واہ ہوئے کہ رب جی نے طوطے کو نام رٹایا اور اپنے مٹھو طوطے کو خوبوں خوب اڑایا کہ دوروں دور پہنچایا کہ فضل علی قریشی اب تو دوڑا دوڑا جائے گا کہ جگہ جگہ جاجا کے حق حق اللہ اللہ حق اللہ اللہ کہ اللہ اللہ کہ اللہ کا نام پہنچائے گا۔ اور یہ تو دیکھو کہ فضل علی خواجہ کے پرکھوں کے باڑے وسیع ہوئے اور گھر ان کے اونچے ہوئے کہ قریشیوں کے ناموں کے تھمبے بلند ہوئے۔ انہیں تو میرے کاموں سے بڑی بڑی عزتیں، بڑی بڑی ناموریاں ملیں، اور یہ قحط سالی تو میرے لیے ناموری لے کر آئی۔ تو اب میں دلجمعی کے ساتھ اللہ کا نام میاں والی میں اور پھر پنجاب بھر میں پھیلاؤں گا اور لوگ تو اب میری سنیں گے کہ واہ درویش۔ واہ درویش۔ واہ درویش۔

اچانک ایک چمک کے ساتھ زانو پر دوہتڑ مار خواجہ فضل علی قریشی کھڑے ہو گئے۔ گریبان میں ہاتھ ڈال خاکستری جامہ چاک کر ڈالا اور رات کے سناٹے میں بے آواز چیخے کہ او فضل! اوان گھڑے! اوان گھڑے! تو کالا باغ کے ٹبوں ٹیلوں پر بیٹھے ہوئے گدھوں سے کچھ بہتر تو نہیں ہے۔ وہ بھی قحط سالی سے مسرور ہیں کہ شکم سیری کے لیے کھیتوں، گڑھیوں، گلیاروں میں مردار جانوروں کا منوں گوشت موجود ہے اور خلق اللہ کی مصیبتوں پر ان کے بدنما شکم پھولتے جاتے ہیں۔ ارے تو تو کندن بننے نکلا تھا پر رانگے کا رانگا ہی رہا۔ او طوطے، او گونگے، اور انگے، او کچے رانگے تو نے تو مجھے ہلاکت میں ڈال دیا۔

پھر سکون کی گہری نیند سوتے ہوئے عقیدت مندوں کے درمیان سے فضل علی سائے کی طرح نکلے اور باڑے کے باہر آ کھڑے ہوئے۔ کسی نے بیرونی کچی دیوار پر گیرو گھول کر ٹیڑھے میڑھے حروف میں "ڈیرہ درویش حضرت خواجہ فضل علی قریشی روشن

ضمیر، خلیفہ ارشد حضرت باباخواجہ سائیں سراج الدین دامانی" لکھ دیا تھا۔ شیخ کا نام نامی پڑھا، تڑپ کر دیوار سے جا لپٹے اور بابا سراج کے نام پر پیشانی ٹکا کر ہچکیاں لے لے کر اس طرح روئے کہ لگتا تھا سینہ شق ہو جائے گا۔

طبیعت کو کچھ قرار آیا تو دیوار کا لکھا ایک بار پھر پڑھا، ایک ٹھنڈے بے رحم طیش کے عالم میں "حضرت خواجہ فضل علی قریشی روشن ضمیر، خلیفہ ارشد" کے الفاظ پر دونوں ہتھیلیاں تیمم کے انداز میں ماریں اور چہرے پر مل لیں۔ دو ہتڑ مارتے تو دیوار کا کچا گیرو ہتھیلیوں پر چھوٹ آتا، پھر اسے اپنے چہرے پر مل لیتے اور زیر لب کہتے جاتے، "لے خواجے لے۔۔۔لے درویشے لے۔۔۔لے روشن ضمیرے لے۔۔۔لے خلیفے لے۔" تو اس طرح اللہ نے ایک قیامت کی گھڑی میں انہیں سرخ رو کیا۔

خواجہ فضل علی دیوار سے ہٹے تو اب وہاں چمکیلے گیرو سے بس اتنا لکھا رہ گیا تھا کہ "ڈیرہ درویش حضرت باباخواجہ سائیں سراج الدین دامانی۔" اور خواجہ فضل علی باڑے کی دیوار سے ہٹے تو سیلاب سے ڈھے جانے والی دیوار کی طرح گھٹنوں پر ہتھیلیاں ٹکا کر بیچ گلیارے میں بیٹھ گئے۔ اندر باڑے میں قریب و دور سے آنے والے ارادت مند اور کٹمب قبیلے والے اور بچپن لڑکپن کے دوست خشک سالی اور قحط کی سختیاں بھولے ہوئے چین کی نیند سوتے تھے اس لیے کہ ان کے حسابوں ایک رحمتِ باری خواجہ فضل علی درویش کی صورت میں جاگ رہی تھی۔ ان کی فصلوں، ان کے رزقوں پر ابر باراں کی طرح سایہ فگن تھی۔

تب خواجہ فضل نے باڑے کی طرف اور اپنی طرف دیکھا، اور اونچی آواز میں بولے، "لے طوطے پڑھ۔ اور پڑھا کہ تمام موجودات پر سایہ رحمت تو وہی ہے اور رحمت بھی وہی اور رحیم بھی وہی ہے کہ ارحم الراحمین بھی وہی ہے کہ سائے تو اس کے نور میں،

اس کے نوروں اجلے نور میں ایسے معدوم ہوئے جاتے ہیں کہ اللہ اللہ۔" پھر خواجہ فضل علی آہستہ آہستہ باڑے کے دروازے کی طرف بڑھے، سادہ دل ضرورت مندوں کی بے چارگی ایک بچکانہ حیرت کے ساتھ خواجہ فضل کا منھ تکتی تھی کہ دیہاتی چمرودھے جوتوں کا ایک بے ترتیب ڈھیر دروازے پر پڑا تھا۔ ان میں کہیں کہیں شہروں سے خریدے ہوئے نئے طرز کے جوتے بھی تھے۔ کیونکہ روزگار اور کام دھندے کے لیے انگریز کی عملداری میں دور دور تک جانے والے نئے طرز کی زندگی کو دھیرے دھیرے چھو کر دیکھ بھی رہے تھے۔

کھیتوں، کھلیانوں، بیڑوں کی مٹی جوتوں سے لپٹی ہوئی، میلوں سے چل کر آنے والوں کے ساتھ اڑتی ہوئی دھول جو تڑخے ہوئے چمڑے کی دراڑوں میں جمی ہوئی، گھسے ہوئے پرانے چمڑے کے ریشوں اور پسینے سے تہہ بہ تہہ جمی ہوئی پپڑیوں سے بھاری کھسے اور طلے کے کام کی نوکدار شوقین مزاجوں والے نوجوان زمینداروں کی نویلی جوتیاں اور لکڑی کی کھڑاویں اور مونجھ سے بٹی ہوئی کھیڑیاں اور چپلیاں۔۔۔ سو خواجہ فضل علی ان کے درمیان دوزانو بیٹھ گئے اور گریباں دریدہ کرتے سے ایک ٹکڑا پھاڑ کر محبت، نرمی اور توجہ کے ساتھ ایک ایک جوتے کو جھٹک جھاڑ پونچھ کر مٹی چھڑا چھڑا کر اپنے دامن کی اس دھجی سے مقدور بھر چمکا کر اور جوڑیاں بنا بنا کر قطاروں میں رکھتے گئے۔

ایک میٹھی آسودگی کا دریا سینے سے بہتا ہوا بازوؤں میں اور ہتھیلیوں میں اور پور پور میں اور انگلیوں کے سروں سے گزر رہا تھا۔ تو کالا باغ کے ٹبوں، ٹیلوں، کنجوں، پتنوں سے یہ رات اسی طرح گزری۔

***

۳

گھڑی بھر کی رفاقت

مسافرت میں ایک وقت ایسا بھی آتا ہے جب گھوڑا اپنے سوار کی راسیں سنبھال لیتا ہے۔(ایک طبع زاد کہاوت)

مسلسل دو دن اور دو راتیں گھوڑے کی پیٹھ پر گزاری تھیں۔ انتہا درجے کی تھکن اور تشویش میں سنبھل کا حاکم عیسیٰ خان لکبور سروانی بنگالے پہنچا تھا کہ سلطان ہند حضرت شیر شاہ سوری بنگالے میں صاحب فراش تھے۔ لکھنوتی کی شہر پناہ کے باہر قلعہ دار چنتا منی گوڑ ایک تازہ دم گھوڑا اور بعض اچھی خبریں لیے موجود تھا۔ سب سے اچھی خبر یہ تھی کہ سلطان شیر شاہ صحت یاب ہو رہے ہیں، انہوں نے بستر سے اٹھ کر دالان میں ٹہلنا شروع کر دیا ہے۔ عیسیٰ خان اس شخص چنتا منی کو دیکھ کر ہمیشہ خوش ہوتا تھا۔ وجہ شاید یہ تھی کہ قلعہ دار چنتا منی بے ضرورت کلام اور سلام نہیں کرتا تھا اور اچھی اور مفید بات پہنچانے کے لیے ہر وقت تیار رہتا تھا۔

عیسیٰ خان نے اپنے رفیقوں کو قلعہ دار کی پر تکلف میزبانی کے حوالے کیا اور خود قلعہ دار کے بڑھائے ہوئے خوان سے ایک بڑا سرخ سیب اٹھا کر اسے اپنے مضبوط دانتوں سے کاٹتا، گھوڑے کو ایڑ دیتا شہر میں داخل ہو گیا۔ لکھنوتی آتے ہوئے اس کے ہمراہیوں میں سے کسی نے تجویز پیش کی تھی کہ اقامت گاہ سلطانی کے راستے میں کسی

ترک زادے کا حمام ہے، اگر مسند عالی عیسی خان مناسب خیال فرمائیں تو ہم میں سے کوئی آگے بڑھ کر حمام تیار کرادے۔ غسل کر کے تازہ دم ہو جایئے گا پھر اقامت گاہِ سلطانی تشریف لے جایئے مگر عیسیٰ خان نے انکار کر دیا۔ وہ پہلے اقامت گاہ سلطانی پہنچ کر خود صدر الصدر حسن علی خان یا خادم خاص شناور غلزئی کی زبان سے یا اگر شہزادہ عادل خان سوری موجود ہوئے تو ان کی زبان سے سلطان والا جاہ کی خیریت سنے گا۔ غسل اور لباس کی تبدیلی اور کھانا پینا سب کچھ بعد میں ہو گا۔

سنبھل کا حاکم مسند عالی عیسی خاں ککبور سروانی شیر شاہی دربار کا حجاب دار، میر توزک اور سلطان کا تنبول دار تھا۔ وہ سلطان کو دربار میں پان پیش کرتا تھا۔۔۔ یہ خود اپنی جگہ ایک جلیل القدر اعزاز تھا۔ اسے پانچ ہزار سواروں کی سالاری اور اہل و عیال کی پرورش کے لیے دو پرگنے عطا ہوئے تھے۔ عیسی خان بلا کا شمشیر زن اور قیامت کا شاہسوار تھا۔

عیسیٰ خان کو سلطنت کے پہلے 'وکیل' یا وزیر کا رتبہ ملا تھا جس کا وہ بجا طور پر اہل تھا۔ عزت مآب مہمانوں، سرداروں، والیوں، حاکموں، شاہوں کو روبکارئی سلطان میں پیش کرنا، ان کو ان کے مراتب سے دربار میں کرسی، نشست اور اعزاز فراہم کرنا، بہ وقت ضرورت خلعت و انعام و سند مہیا کرنا، عیسیٰ خان کے فرائض میں شامل تھا۔ سلطان اور مملکت کا وفادار رہنا عیسیٰ خان کے فرائض میں شامل تھا اور سلطان سے محبت کرنا بھی۔ مگر کسی سے محبت کرنا کسی کے فرائض میں کیسے شامل ہو سکتا ہے؟ عیسیٰ خان نے سن رکھا تھا کہ محبت کا درجہ فرض سے کہیں زیادہ رفیع اور محترم ہے۔ مگر عیسیٰ خان حجاب دار خود رفیع اور محترم تھا اور وہ اپنے بادشاہ سے محبت کرتا تھا۔

شاید بہت دن تک درباروں سے وابستہ رہنے کی وجہ سے ایک کمزوری ضرور عیسیٰ

خاں کے مزاج میں درآئی تھی۔ وہ محبت کرتا تھا اور چاہتا تھا کہ جب سلطان کے لیے اس کی محبت ظاہر ہو تو وہ ان کے ملاحظے میں بھی آئے۔ اس کی تازگی و رعنائی ویرانے میں کھلتے پھول کی طرح ہوا کا رزق نہ بن جائے۔

اسی لیے لکھنوتی میں داخل ہوتے ہوئے وہ گرد و غبار اور تھکن اور تشویش میں اٹا ہوا سیدھا اقامت گاہِ سلطانی جانا چاہتا تھا تاکہ شیر شاہ سوری کے قریب کے یہ تین آدمی، حسن علی خان، شناور غلزئی اور شہزادہ عادل اسے سلطان کی محبت میں پریشان مو دیکھ لیں۔ یا اگر، خدا اس کا خیال مبارک کرے، اگر سلطان والا جاہ کسی دریچے سے ایوان کے صحن میں نظر دوڑاتے ہوئے خود ملاحظہ کر لیں تو سبحان اللہ! اس کا یہ تکلیف دہ طولانی سفر باثمر ہو جائے۔ قلعہ دار چنتامنی گوڑ نے یہ خبر بھی دی تھی کہ سلطان شیر شاہ نے فیصلہ کیا ہے کہ پرگنہ شاہ آباد کا گاؤں ناہ والی، جو تخت دہلی پر بیٹھنے کے بعد سلطان نے خود عیسیٰ خان کو بے طلب بخش دیا تھا، اب عیسیٰ خان سے لے کر شہزادہ عادل خان کو عطا کیا جائے گا۔

یہ خبر سن کر عیسیٰ خان نے خود کو سمجھایا تھا کہ پنج ہزاری سالاری۔ سنبھل سرکار کی حاکمی، حجاب داری، تنبول داری، معتمدی اور سرداری کے ہوتے اور بال بچوں اور وابستگان کی پرورش کے لیے دو پرگنوں کی آمدنی کے موجود رہتے اس ایک گاؤں کے سند جاگیر سے نکل جانے سے کون سی قیامت آجائے گی۔ نہیں، عیسیٰ خان کے مرتبے اور آمدنی میں ایک گاؤں کے چلے جانے سے کوئی کمی واقع نہ ہو گی۔ ہاں، احسان مندی کی ایک روایت جو شیر شاہ سوری نے ہندوستان کا تخت سنبھالتے ہی قائم کرنا چاہی تھی، درمیان سے کٹ جائے گی، اور عیسیٰ خان جو شیر شاہی دربار کے دستور اور روایات کا پاسدار تھا، ایک روایت کے اس طرح منقطع ہو جانے سے اداس تھا۔

عیسیٰ خان بڑے باپ کا بیٹا تھا مگر یہ بات وہ کھل کر نہیں کہہ سکتا تھا، اس لیے کہ شیر

شاہ سوری کے دربار میں اگر قبیلوں کے سرداروں کو شوکت اور عروج حاصل ہوا تھا تو خادموں خانہ زادوں کی اولاد بھی عالی مرتبت ہو گئی تھی اور وہ جو آبائی علاقے روہ میں حجروں سے اٹھتے وقت سرداروں، خان زادوں کی دستاریں دونوں ہاتھوں پر رکھ کر انہیں پیش کرتے تھے، اور بدھنے بھر بھر کر انہیں وضو کراتے تھے اور ان کے مرکبوں کی راسیں تھامے کھڑے رہتے تھے، وہ آج قلمرِو ہند میں ان کے برابر بیٹھتے ہیں اور واللہ! ان کے قریب سے گھوڑا نکال لے جاتے ہیں۔ مسند عالی خواص خان کو دیکھو، سلطان کے خادم ملک سکھا کا بیٹا ہے۔ اللہ نے۔۔۔ اور سلطان نے۔۔۔ اسے کیا دبدبہ و شکوہ عطا کیا ہے۔

یہ نہیں کہ میں کسی سے اس کے عروج کی وجہ سے حسد کرتا ہوں۔ مجھے میرے خدا نے اور میرے بادشاہ نے بہت دے رکھا ہے۔ اور حسد وہ کرے جس نے شوکت و مرتبہ اس نسل کے سوا کبھی دیکھا نہ ہو۔ میں خانِ اعظم عمر خاں کلکبور سروانی کا بیٹا ہوں، جسے شیر شاہ سے پہلے سلطان بہلول لودھی نے عزت و شہرت اور خطاب و جاگیر سے نوازا تھا۔ وہ میرا باپ مسند عالی عمر خان ہی تو تھا جس نے فرید خان سوری۔۔۔ اس وقت سلطان شیر شاہ، فرید خان ہی تھے۔۔۔ تو فرید خان سوری کے باپ میاں حسن خان کو شاہ آباد پرگنے کا یہ گاؤں ناہ والی جاگیر میں دیا تھا اور خود وہ میرا باپ خانِ اعظم عمر خان تھا جس نے بارہ سال کے لڑکے فرید خان کو اسی گاؤں میں بلہو نام کی مزرع عطا کی تھی اور کہا تھا کہ ابھی تو نو عمر ہے جب اپنی عمر کو پہنچے گا تو تجھے ملازمت بھی دوں گا اور تو کیوں کہ اس وقت اپنے باپ کے ساتھ آیا ہے اور ملازمت طلب کرتا ہے اس لیے تالیف قلب کے لیے بلہو کی یہ مزرع تجھے عطا کرتا ہوں۔

اور چنتا منی گوڑ کہتا ہے کہ اب وہی گاؤں واپس لیا جارہا ہے جو سلطانِ عادل شیر شاہ سوری نے تخت دلی پر متمکن ہوتے وقت بے طلب مجھے، اپنے محسن اور بخشندہ کے بیٹے کو

بخش دیا تھا تاکہ احسان مندی کی ایک روایت سوری خانوادے سے جاری ہو اور گکبور سروانیوں کو تاقیامت یہ احساس گرم و سرشار رکھے کہ ہم نے کبھی سوری حسن خان کو یہی ناہ والی گاؤں از راہ پرورش عطا کیا تھا کس لیے کہ جب سوری ضرورت مند تھے۔ پھر ایک احسان شناس سوری شیر شاہ نے وہ گاؤں عیسیٰ خان گکبور سروانی کو جاگیر میں دے کر گویا احسان مندی کی ایک روایت کا آغاز کیا تھا اور افسوس وہ روایت اب منطقع ہونے کو ہے۔ قلعہ دار چتامنی کہتا تھا۔۔۔

اور یہاں قلعہ دار کے پیش کیے ہوئے گھوڑے نے ٹھوکر کھائی۔ عیسیٰ خان نے راسیں کھینچ لیں۔ گھوڑے سے اتر آیا اور رستہ چھوڑ کر ایک طرف کھڑا ہو گیا۔ لوگوں نے دیکھا کہ گھوڑے کی راسیں دھول میں گرائے ہوئے پختہ عمر کا ایک روہیلہ سردار سڑک کے کنارے سر جھکائے کھڑا ہے۔ پناہ بہ خدا! کیا یہ عیسیٰ خان تھا جو اتنی پست سوچ سوچتا ہوا چلا آ رہا تھا؟ یہ سنبھل کا حاکم، سوری دربار کا حجاب دار، مملکت کا میر توزک، اپنے سلطان کا تبنول دار، کیا یہ پانچ ہزار شیر شاہی سواروں کا سالار ہے جو اتنی گراوٹ کے ساتھ، ایسی رسوا کن باتیں اور کم ظرف خیال پال رہا ہے؟ اور ناموس باختہ عورتوں کی طرح خیال ہی خیال میں اپنے رفیقوں پر طعنہ زنی کرتا اور منافقت سوچتا چلا آتا ہے؟ نہیں! عمر خان جنت مکانی کا بیٹا ایسی اتھلی باتیں کیسے سوچ سکتا ہے۔ تف ہے مجھ پر۔ نفریں ہے مجھ سوار پر اور لعنت اس نحوست آثار گھوڑے پر۔

عیسیٰ خان نے ایک ٹھنڈے غصے میں لرزتے ہوئے زین کا تسمہ کھول کر، گھوڑے کا ساز اور زین اور زین پوش زمین پر گرا دیا اور اپنے نیام کو چوڑائی کے رخ سے جریب کی طرح گھوڑے کے پٹھے پر مار کر اسے بوجھ کھینچنے والے جانور کی طرح بازار کی طرف ہنکا دیا اور چیخ کر کہا، "تف ہے تجھ پر! تیری سواری نے مجھے عیسیٰ خان نہ رہنے دیا۔ او لعنتی

جانور، تیری نصف ساعت کی رفاقت نے مجھے چوہے جیسا خود غرض اور کمینہ بنا دیا۔ تف ہے تجھ پر!"

اور اس طرح چنتا منی گوڑ کے پیش کیے ہوئے گھوڑے کو بے آبرو کر کے سڑک پر ہنکا دینے کے بعد، سنبھل کا حاکم عیسیٰ خان کلکبور سروانی، گرد اور خفت میں اٹا ہوا، خود اپنے احتساب سے نڈھال اقامت گاہِ سلطانی کی طرف پیادہ پا روانہ ہو گیا۔

***

۴

وقائع نگار

فلم دیکھنے نکلا تھا، نہ ویزا لیا تھا نہ کچھ۔ ڈالڈا کے ڈبے بھر کے ایک ٹرک جا رہا تھا۔ مولو کہنے لگا، جاتا ہے تو اس میں چلا جا، فلم دیکھ کے آ جانا۔ میں نے کہا ہوئ! چلا جاتا ہوں، پر واپسی کا کیا ہوئے گا، بولا، یہی واپس آئے گا بیڑی کا پتا لے کے، آ جانا۔ میں نے کہا ہوئ، پر یار دیکھ لے کہیں ادھر کے ٹلے نہ پکڑ لیں۔ مولو بولا، ہندو جیسی تو شکل ہے تیری۔ کوئی شک بھی نہیں کرے گا۔ چلا جا، چلا جا، ہر و بھر و ڈرتا کیوں ہے؟ کوئی گڑبڑی ہو تو ایسے ایسے کرنا۔ ادھر، فلاں فلاں جگہ جانا۔ ایک بہت بڑا سرجن ہے دوبے، اس کو ملنا، ایسا ایسا بولنا۔ وہ تیرے کو سیٹ کر دے گا۔ میں نے کہا، لے پھر میں چل پڑا۔۔۔ اور میں ٹرک پہ چڑھ گیا۔

پہنچ گیا۔ فلم دیکھی۔ بہت مزا آیا۔ مگر فلم دیکھ کے نکل رہا تھا کہ ٹلوں نے دیکھ لیا۔ پہچان گئے کہ ادھر کا نہیں ادھر کا ہے۔ یا اللہ خیر! میں ڈپٹ لیا۔ وہ پیچھے پیچھے سیٹی بجاتے ہوئے۔ خیر جی، جیسا مولو نے بتایا تھا ویسا ہی میں نے کیا۔ جدھر جانے کا بولا تھا، گیا۔ گھستا چلا گیا۔ ادھر بہت بڑا ایک سرجن تھا دوبے، اس کو ملا۔ وہ بولا، "یہ کوئی مسلائی نہیں ہے، میں سیٹ کرا دوں گا۔" تو خیر جی، اس نے سیٹ کرا دیا۔

اس نے کسی سے فون پہ بات کی۔ ایک آدمی آیا۔ وہ میرے لیے بھی ہاسپٹل کے

نوکروں کا اوور آل، ٹوپی، جوتے، دستانے، منھ پر باندھنے کا ماسک۔۔۔ یہی سب اٹرم سٹرم لایا تھا۔ میں نے سب کچھ پہن لیا۔ ہم ہاسپٹل کی اصل بلڈنگ سے ٹرالیاں دھکاتے ہوئے ایک چھت پڑے رستے پر آئے۔ میں نے جگہ سمجھنے کے لیے ادھر ادھر نظر دوڑائی تو پھولوں کے قطعوں اور رنگین پتوں والی جھاڑیوں کے پار، پورچ میں ٹلوں کی دو گاڑیاں رکتی دیکھیں۔ میرا ساتھی اپنے ماسک کے نیچے سے بڑبڑایا، "لو دیکھو، آگئے سالے۔ دیری نہیں کرتے۔" ہم وارڈوں کے پیچھے جونیئر اسٹاف کے کوارٹروں والے علاقے میں نکل لیے۔ میرے ساتھی نے ٹرالی روک کے ایک کوارٹر دکھایا جس کا نمبر تیرہ تھا۔ کہنے لگا، "یہ میرا کوارٹر ہے۔ اب یہ ہم دونوں کا ہے۔"

میں نے پوچھا، "تم اکیلے رہتے ہو؟" کہنے لگا، "نہیں۔ میں رہتا ہوں، میری بیوی پدما رہتی ہے۔" میں بولا، "اچھا۔"

"مالوم ہے؟ ہماری جبان میں پدما کسے کہتے ہیں؟" میں خوب جانتا تھا۔ میں نے کہا، "ہاں، کنول کے پھول کو۔" وہ ہنسا۔ کہنے لگا، "دو کمرے ہیں اس کوارٹر میں۔ ایک میرا اور پدما کا ہے، دوسرا اب تمہارا ہو جائے گا۔" میں نے کہا، "میری وجہ سے تم لوگوں کو تکلیف تو نہیں ہو گی؟"

"کاہے کی تکلیف؟ تم سکل سے اچھے آدمی لگتے ہو۔ پدما کو چنتا نہیں ہو گی۔"

"ہوں۔" میں اور کیا کہتا۔ وہ بولا، "گھر کا تو یہی ہے۔ گھر والی کا مجاج دیکھ کے چلنا پڑتا ہے۔ تین مہینے پیچھے بھی ایک مسلمان بھائی کو میرے کوارٹر میں ٹھہرایا تھا ڈاک صاحب نے۔ پر وہ کیسا آدمی تھا؟ میں گھر میں نہیں ہوتا تھا تو پدما سے الٹی الٹی باتیں کرتا تھا۔" مجھے ضرورت نہیں تھی جو پوچھتا کہ کیسی الٹی الٹی باتیں کرتا تھا، اس لیے چپ رہا۔ وہ خود ہی خاصا بکی آدمی تھا۔ بولا، "کبھی وہ کہتا تھا ہاسپٹل میں بھوت ہوتے ہیں۔ دن ڈوبنے

اور دن نکلنے کے بیچ کھلے پھرتے ہیں۔ جس کسی کو نجر آجائیں بس اس کی جان کے لاگو ہو جاتے ہیں۔۔۔ سالا ڈراتا تھا پدما کو۔"

میں نے بات ختم کرنے کو کہہ دیا کہ ہاں بعض لوگوں کو ایسی بے کار باتیں کرنے کا شوق ہوتا ہے۔

"نہیں، بے کار باتیں نہیں تھیں۔ بڑا ہسیار تھا۔ کہتا تھا مجھے بھوت اتارنا آتا ہے۔ اور کھبر نہیں کیا کیا آتا تھا اس کو۔ لالچی نہیں تو۔" میں نے سوچا کوئی عیار آدمی ہو گا۔ ان میاں بیوی سے پیسے کھینچنا چاہتا ہو گا۔ یہی بات میں نے اس سے کہی تو پوچھنے لگا کہ عیار کسے کہتے ہیں؟ میں نے بتا دیا۔ وہ چالاکی سے ہنسا۔ بولا، "عیار جیسا عیار! باتوں میں چلا کے کام نکالنا چاہتا تھا۔"

مجھے رستے میں رکے رکے الجھن ہونے لگی تھی۔ میں نے پھر بات ختم کرنے کو کہا، "ہاں بڑے بڑے نوسرباز ہوتے ہیں۔ ہر ایک سے رقمیں کھینچنے کے چکر میں رہتے ہیں۔" وہ ہنسا۔ "ہاں جی۔ پر وہ اور بھی چکر میں تھا۔ مالوم ہے؟ ایک دفے میری نائٹ ڈیوٹی تھی۔ اس نے ہمارے کمرے کا دروجا تھپتھپایا۔ دو بجے ہوں گے رات کے۔ پدما اکیلی تھی۔ پوچھنے لگی کیا بات ہے؟ بولا مجھے ڈر لگ ہے۔ ابھی ابھی بھوت نجر آیا تھا۔ اگر کوئی واندہ نہ ہو تو مجھے اپنے کمرے میں آجانے دو، ایک طرف پڑ رہوں گا۔ اور بولا، آدمی دو ہوں تو بھوت کچھ نہیں کہتا۔ کچھ سمزے بھیا؟ وہ سالا کس چکر میں تھا؟"

اس آدمی کی باتیں سن کر مجھے خفت سی ہونے لگی تھی۔ کس قسم کا آدمی ہے؟ مجھے یہ سب کیوں سنا رہا ہے؟ میں "ہوں" کہہ کر ادھر ادھر دیکھنے لگا۔ وہ اپنے بیان کے جوش میں کہتا چلا گیا۔ بولا، "ہم نے کچھ کیس چھپا کے رکھا تھا۔ ہمارے ہی کمرے میں تھا۔ کوئی چار ہجار کے نوٹ ہوں گے۔ پدما نے سوچا یہ مسلمان بھائی پیسے ہتھیانے کے چکر میں

بھوت ووت سے ڈرنے کا پاکھنڈر چا رہا ہے۔ اصل تو کمرے میں آنا چاہتا ہے۔ کھبر ہے اس نے کیا کیا؟" میں کچھ نہ بولا تو اس نے دوبارہ اسی لہجے میں پوچھا، "کھبر ہے کیا کیا پدمانے؟" میں نے بے زاری سے کہا، "اس نے دروازہ نہیں کھولا ہوگا۔"

"ناں ناں جی، وہ بہت ہسیار ہے۔ اس کو بولی تو جا اپنے کمرے میں۔ ادھر ہی آتی ہوں، دیکھتی ہوں کیسا بھوت ہے۔ اور جب وہ ٹل گیا تو اپنے کمرے میں تالا ڈال، پدما ترنت دوسرے کمرے میں کھد پہنچ گئی۔ بولی، لے، ہو گئے دو آدمی۔۔۔ اب تو بھوت کچھ نہیں کہے گا۔ آجا، ادھر لیٹ جا۔۔۔ یہ لے اپنا تکیہ۔۔۔ ہاہاہا۔۔۔ دیکھا؟ اس سالے کی کوئی بھی چالا کی نہیں چلنے دی پدمانے۔"

میں اس گدھے کی صورت دیکھتا رہ گیا۔ یا تو یہ بالکل ہی گیا گزرا بے عقل آدمی ہے، یا اپنی پدما کی طرح بہت ہسیار ہے اور یہ سب سنا کے مجھے کوئی پیغام دینا چاہتا ہے۔ سالا، گرا ہوا آدمی! مگر میں چپ ہی رہا۔ کچھ دیر وہ اپنی گھر والی کی چالا کی پر سر ہلا ہلا کے ہنستا رہا۔ پھر بولا، "یہ کوارٹروں کے آگے مردہ کھانہ ہے۔"

"مردہ خانہ؟" مجھے دھچکا سا لگا تھا۔ مگر دھچکا لگنے کی کوئی بات نہیں تھی۔۔۔ اسپتالوں میں مردہ خانے ہوتے ہی ہیں۔ وہ میری صورت دیکھ کر ایک دم خوش ہو گیا۔ ٹھٹھا مار کے ہنسا، "مردے کھانے کا سن کے ایسا چونکے کیوں؟" میں نے کہا، "بس ایسے ہی۔ چونکنے کی کیا بات ہے۔ مردہ خانہ تو ہوگا ہی۔" بولا، "ہاں مردہ کھانہ بھی ہے، اس کا اسٹاف بھی ہے۔" میں نے بے دھیانی میں کہا، "اچھا؟" کہنے لگا، "ادھر اسٹاف میں پہلے ایک ہی آدمی تھا۔۔۔ اب دو ہو گئے ہیں۔"

"اچھا۔" مگر میں نے سوچا، مجھے یہ سب سنانے کی کیا ضرورت ہے؟

"سمجھے؟ دو کس طرح ہو گئے؟" پھر پوچھنے لگا، "کھبر بھی ہے کون دو؟"

میں اس کی صورت تکنے لگا۔ کہنے لگا، "کیا اب بھی نہیں سمز آئی؟ ہم دو ہیں نا۔ ایک تم، ایک میں۔ پہلے مردوں کو سیٹ کرنے کا، ادھر ادھر پہنچانے کا کام میں اکیلا کرتا تھا۔ اب تم میرے اسٹینٹ ہو کے آگئے ہو۔ دونوں مل کے سنبھال لیں گے ان سالوں مردوں کو۔" وہ چلتے چلتے یہ سب کہہ رہا تھا۔ میں وہیں کا وہیں کھڑا رہا۔ حد ہو گئی! مجھے نہ صرف ایک مردہ گھر کے اٹنڈینٹ کے ساتھ ٹھہرایا جارہا ہے بلکہ اس کا مددگار تک بنا دیا گیا ہے۔ اس دوبے کو یہ کیا سوجھی ہے؟ اس نے۔۔۔ پدما کے میاں نے۔۔۔ ٹرالی دھکانا بند کر دی اور مڑ کے میری طرف دیکھنے لگا۔ بولا، "کیا بات ہے؟"

بات کیا ہو گی۔ مجھے اب طرارہ آچلا تھا۔ میں نے پوچھا، "کیا واقعی میں تمہارا اسسٹنٹ ہوں؟" وہ بولا، "ہاں، کوئی تو ہوتا اسسٹینٹ۔ کام کر کے میری کمر رہ گئی ہے۔ مردوں کو سلیب پر سے ٹرالی اسٹریچر اور ٹرالی سے سلیب پے چڑھانے اتارنے میں یہ جانو آدمی کی ایسی تیسی ہو جاتی ہے۔" مجھے بہت غصہ آیا۔ جی چاہا دوبے سالے کے کمرے میں گھس جاؤں اور اسے اچھی سنادوں۔ مگر ہاسپٹل کی مین بلڈنگ پر نظر پڑی تو یاد آیا وہاں پورچ میں ٹلوں کی دو گاڑیاں کھڑی ہیں۔ غصہ کرنے کا وقت نہیں تھا۔ میں خاموشی سے مڑا اور اپنے مردہ گھر کے انچارج، اس پدما کے میاں کے پیچھے پیچھے چل پڑا۔ وہ ٹرالی دھکاتا ہوا سیدھا مردہ خانے تک پہنچا۔ ٹرالی چھوڑ، جیب سے چابی نکال، اس نے دروازہ کھولا اور قطاروں میں بنے چھوٹے چھوٹے چبوتروں پر رکھی بارہ پندرہ لاشوں سے میرا تعارف کرانے لگا۔

"یہ مرڈر کا کیس ہے۔ اسے برف ورف دے کے ابھی ادھر ہی روکنا ہے۔"

"روکنا ہے" ایسے کہہ رہا تھا جیسے نہیں روکا تو مرڈر کیس والی لاش اٹھ کے چل دے گی۔ اور یہ "برف ورف دے کے" بھی خوب تھا۔ برف دے کے روکنا ہے، رشوت دے

کے روکنا ہے۔ پھر کہنے لگا، "یہ بڑی بی رات میں آئی تھی۔ لکھ پتی لوگ کا مردہ ہے۔ اسے لے جائیں گے تو دان پن کرتے ہوئے، نوٹ بانٹتے ہوئے لے جائیں گے۔ تمہارے میرے حصے میں بھی ٹھیک ٹھاک کچھ ٹپ آجائے گی۔ اور یہ۔۔۔ ادھر والا بڈھا۔ یہ کنگلا ہے۔ اس کی بھلی چلائی ہے۔ اسے برف دینے کا نہیں۔"

میں چپ رہا۔ مردہ گھر کے سب پنکھے گھوں گھوں کر کے چلتے رہے۔ اسی طرح ایک ایک مردے کے بارے میں خبریں دیتا وہ اس ٹھنڈی، دواؤں کی بو سے بوجھل ہوا میں مجھے لیے لیے گھومتا پھرا۔۔۔ جیسے خود سیر کر رہا ہو اور مجھے سیر کرا رہا ہو۔ ایک مردے کو دکھا کے بولا، "یہ جیب کترا تھا، پولیس کی ٹارچر سے مرا ہے۔ مگر دیکھو اس کے انگوٹھے سے بندھے کارڈ پے لکھا ہے کہ نمونیے میں چل بسا۔۔۔ سالے جھوٹے کہیں کے! اور اسے دیکھو موٹے توندل کو۔ یہ جبھی جندہ تھا تو بڑا دھر ماتما بنتا تھا۔ اس کے سینکڑوں سس مطلب چیلے، پیار کرنے والے بس آتے ہی ہوں گے اسے لے جانے۔۔۔ تم ڈر رہے ہو کہ اتی بھاری لاس ہے، ہم کیسے کھسکائیں گے، کیسے ٹرالی پہ رکھیں گے۔۔۔ ناں ناں، ہمیں ہاتھ بھی نئیں لگانا پڑے گا۔ اس کے ساگرد یہ موٹے موٹے تگڑے لڑکے جے جے رام، جے سیارام کرتے گھس آئیں گے اور اسے اٹھالے جائیں گے جیسے چیونٹیاں نکتی دانے کو اٹھالے جاتی ہیں۔ نکتی دانہ سمزتے ہو؟"

میں نے کہا، "ہاں، مٹھائی ہوتی ہے۔" وہ ہنسا۔ کہنے لگا، "اس سالے موٹے دھرماتما کے چیلے چپاٹے منوں مٹھائی اپنے ساتھ لاتے ہوں گے۔ لاس کو لے جاتے وکھت سے مٹھائی بانٹنا سروع کر دیں گے۔۔۔ بس، نیم ہے ان کا۔ مٹھائی وہ سب سے پہلے تمہیں اور مجھے دیں گے۔ کھیال سے لینا، دونوں ہتھیلی جوڑ کے، اور جتنی بھی دیں لے لینا، گرنے مت دینا۔ جراسی بھی گری نہیں تو حرامی مار مار کے تمہارا بھرتا بنا دیں گے۔ بھرتا سمزتے

ہو؟"

وہ اسی طرح بکواس کرتا چلا۔ بارہ تیرہ میں سے ایک کسی مسلمان کی میت بھی تھی۔ مجھ سے کہنے لگا، "یہ تمہارا مسلمان بھائی ہے۔ کھبر ہے مجھے کیسے پتا لگا؟" میں نے ویسے ہی بے خیالی میں پوچھ لیا، "کیسے؟" وہ ہنسا۔ بولا، "کیسے پتا چلا۔۔۔ جب ٹھنڈے پانی کا ساور مار نے کو اس کا کپڑا مپڑا سب اتار کے پھینکا تو دیکھا کہ۔۔۔" میں نے جلدی سے کہا، "ہاں ہاں۔۔۔ اچھا اچھا۔۔۔ ظاہر ہے۔" پھر کہنے لگا، "یہ ٹرالی ادھر ہی چھوڑ دیتے ہیں۔ آؤ کوارٹر پہ چلیں، کچھ کھا پی لیں۔" وہ کھانے پینے کا ذکر اس بے تکلفی اور شوق سے کر رہا تھا جو گھر کے باورچی خانے ہی میں اچھی لگتی ہے۔

میں نے منھ بنا کے ٹال دیا کہ ابھی کھانے کو جی نہیں چاہ رہا۔ بولا، "کوئی نئی بات نہیں ہے بھیا۔۔۔ سب کے ساتھ ہوتا ہے۔ مردوں کی اٹھاؤ دھری کر کر کے بھوک تو کھل کے لگنے لگتی ہے، پر جب نوالہ توڑو تو حلق سے نہیں اترتا۔ پہلے پہل سبھی کے ساتھ ہوتا ہے۔ تم تو مسلمان بھی ہو، تمہارے ساتھ تو اور بھی مسکل ہے۔"

"اور مشکل کیسی؟"

"ارے یہی نا کی تم لوگ ماس کھاتے ہو۔ ماس سمزتے ہو؟ ارے گوست اوست۔۔۔ اور ادھر کا تو تم جانو یہاں سے وہاں تک گوستی گوست۔۔۔" میں نے پھر بات کاٹ دی، "ہاں ہاں سمجھتا ہوں۔۔۔ آؤ چلو۔" وہ ہنسا۔ چلتے چلتے رکا۔ مڑ کے لاشوں کی طرف مسکراتے اور ہاتھ ہلاتے ہوئے بولا، "او کے بے بی۔۔۔ سی یو! ہاہاہا۔۔۔ پتا ہے امریکن فلموں میں بڑی بڑی جوان لڑکیوں کو بے بی بولتے ہیں۔۔۔ ادھر آج ایسی کوئی جوان لڑکی تو نہیں ہے۔ ایک سنتالی عورت ہے تھوری جان دار۔۔۔ ہاہاہا۔۔۔ وہ کوئی کھاس نہیں ہے کالی کلوٹی ہے۔ پر بھیاجی۔۔۔ ادھر تو کبھی کبھی ایسی فل فلوٹیاں آتی ہیں

کہ بس سا ور مارتے رہو اور دیکھتے رہو۔ ایک ڈچ عورت آئی تھی، عورت کیا لڑکی۔۔۔ اسے گولی ماردی تھی دوسری ڈچ عورت نے۔ بھیاجی! پہلے میں سمزتا تھا جیسا آدمی کا سر کا بال ہوتا ہے ویسا ہی اس کا۔۔۔ پریار اوئے ہوئے ہوئے۔۔۔"

میں نے کندھے پہ ہاتھ مار کے اسے آگے کر لیا، "چلو۔۔۔ چابی سنبھالو۔ میں کنڈا کھینچ کے تالا دبانے والا ہوں۔ بعد میں مت کہنا کہ چابی اندر رہ گئی ہے۔" وہ ہڑ بڑا کے اپنی جیبیں ٹٹولنے لگا، "نہیں نہیں، ٹھیک ہے ٹھیک ہے۔۔۔ تم دبا دو تالا، یہ رہی چابی۔" خدا خدا کر کے اس کی بکواس بند ہوئی۔

اس کے کوارٹر پر آئے تو دیکھا باہر تالا پڑا ہے۔ تالا کھولتے ہوئے بتانے لگا کہ اس کا ناشتا بنا کے پدما سبزی ترکاری لینے بازار چلی جاتی ہے۔ وہ جب تک آئے ہمیں بریک فاسٹ کر لینا چاہیے۔

کہنے لگا، "پریار، تم تو منے کر رہے ہو۔ پھر اکیلے بریک فاسٹ کرنے میں کیا مجا۔۔۔ پدما آئے گی اسی کے پاس بیٹھ کے میں کچھ کھا پی لوں گا۔ تو پکی بات؟ تم کچھ نہیں کھاؤ گے؟" میں نے انکار میں سر ہلایا۔ وہ میرا ہاتھ پکڑے پکڑے کوارٹر میں داخل ہو گیا۔ صحن میں تلسی کے پودے کا سنگھاسن تھا جس کے قدموں میں گیندے کے پھولوں سے ابلتی ایک کیاری تھی۔ آنگن کو خوب جی لگا کے جھاڑا بہارا گیا تھا۔

پدما کے گھر والے نے ایک کمرے کا تالا کھول دیا۔ کہنے لگا، "یہ تمہارا کمرہ ہے۔ یہاں بسترا ہے، ایک کرسی بھی پڑی ہے اور یہ دیکھو فرس پہ سیتل پاٹی ڈالی ہوئی ہے۔ چٹائی، چٹائی۔۔۔ تنکوں کی چٹائی سمزتے ہو؟ بس تو مرجی ہے بسترے پر لیٹو، مرجی ہے سیتل پاٹی پہ بیٹھو لیٹو، یوگا کرو۔۔۔ تم یوگا کرتے ہو؟ نہیں کرتے ہوگے۔ مسلمان بھائیوں میں یوگا کی چرچا نہیں ہے، وہ تو ایک ہی کام جانتے ہیں۔۔۔ بلکی دو کام۔۔۔ ماس

کھاتے ہیں اور ماس سے ماس۔۔۔ ہاہاہا۔۔۔ برا مان گئے؟ چلو چھوڑو، میری مسکھری کی آدت ہے۔ تو اب جا رہا ہوں اپنے کمرے میں۔ کوئی چیج کی جرورت ہو مجھے یا پدما کو آواج دے لینا۔ چھوٹے موٹے کام کھشی سے کر دیتی ہے، برا نہیں مناتی پدما۔ بولتی ہے مجوان کی ٹہل سیوا میں ایسی کون اڑچن ہے۔۔۔ اچھا!"

"اچھا" کہہ کے جیسے ہی وہ سامنے سے ہٹا، کسی نے دروازہ تھپتھپایا۔ اپنے کمرے میں جانے کی بجائے اس نے بڑھ کر دروازہ کھول دیا۔ "ہا آ پدما رانی! اچھا ہوا دیری نہیں لگائی تو نے۔ دیکھ ڈاک صاحب نے اب کی کسے ساتھ کیا ہے۔ دیکھ لے یہ بھی مسلمان بھائی ہے۔ ہاہاہا بھوت پریت سے ڈرے گا یہ بھی۔" وہ بولی، "چل بکواس نہیں کر۔" اس نے یہ بات غصے میں نہیں اٹھلا کے کہی تھی۔

پھر وہ سامنے آئی۔ تنگ مراٹھی کپڑوں میں خوب چمک دار سیاہ بالوں کی کسی ہوئی چوٹی اور انگوٹھے کے ناخن جتنے گھماؤ والا ناک کا کوئی دیہاتی زیور پہنے وہ مسکراتی ہوئی دروازے میں آ کھڑی ہوئی تھی۔ اس کا رنگ سانولا، ہونٹ دبیز اور آنکھیں بڑی بڑی تھیں۔ وہ بازار سے آ رہی تھی مگر لگتا تھا کچی نیند سے اٹھ کر آئی ہے۔ وہ مجھے دیکھ کے ہولے سے ایسے مسکرائی جیسے پرانی جان پہچان ہے۔ بولی، "پدما نام ہے میرا۔"

میں نے بھی بتا دیا کہ کون ہوں۔ وہ ہنسی۔ دانت اس کے ایک دم سفید اور ہنسی کی آواز بچوں جیسی تھی۔ مگر صرف آواز ہی بچوں جیسی تھی۔ دیکھنے میں تو اس کی ہنسی کسی بہت جانکار عورت کی ہنسی تھی۔۔۔ گھیرتی اور الجھاتی ہوئی۔ وہ کمرے میں آنے کو بڑھی تو اس کا آدمی کہنے لگا، "چل چھوڑ! اسے لیٹنے بیٹھنے دے۔ یہ ابھی کچھ نہیں کھائے گا۔ بولتا ہے بھوک نہیں۔"

"اچھا اچھا۔" کچھ دیر وہ دروازے میں رکی رہی۔ پھر "ہاں" میں سر ہلاتی اور چالاکی

سے مسکراتی ہوئی چلی گئی۔ میں بیٹھ گیا۔ سوچنے لگا یہ کن لوگوں میں آ گیا ہوں۔ یہ دونوں بھلا کس چکر میں ہیں؟ بڑے شہروں کا یہی ہے۔ سب طرح کی مخلوق آ کے بس جاتی ہے۔ میرا کیا ہے، ایک آدھ روز میں نکلنے کا آسرا ہو جائے گا۔ ابھی سنبھل کے گزارا کر لوں۔ دیکھا جائے گا۔ اور یہ ہے کہ محنت سے جان چرانے والا آدمی نہیں ہوں میں۔ پھر بھی۔۔۔ مردے؟ اللہ خیر کرے۔ کچھ دیر بے چینی سے کرسی پر بیٹھا پہلو بدلتا رہا، پھر بستر پر جا لیٹا۔

نہ معلوم کتنی دیر سوتا رہا۔ کسی کے اٹھائے بغیر آپ ہی آپ بیدار ہو گیا۔ دوپہر ڈھل چکی تھی۔ یاد آیا میں پورے کپڑوں میں موزے پہنے پہنے سویا تھا مگر اس وقت بھاری چادر سی اوڑھے اٹھا تھا۔ گھبرا کے میں نے اپنی ٹانگوں اور بازوؤں کو ہاتھ لگایا۔ بدن پر میرے اپنے کپڑے نہیں تھے۔ نہ معلوم کیسے میں نے لمبا انڈرویئر اور سینڈو بنیان پہن رکھی تھی۔ موزے بھی اترے ہوئے تھے۔ یہ کیا چکر ہے؟ میں اٹھ کے بیٹھ گیا۔ میرے اپنے کپڑے سلیقے سے تہہ کیے ہوئے سرہانے رکھے تھے۔ اور۔۔۔ میں نے دیکھا فرش پر بچھی سیتل پاٹی پہ چادر اوڑھے کوئی لیٹا تھا۔

ابھی میں پوری طرح کچھ سمجھ بھی نہیں پایا تھا کہ سیتل پاٹی پر لیٹے ہوئے نے کسمسا کے کروٹ بدلی، چادر سرک گئی اور خوب گندھے ہوئے سیاہ چمکیلے بالوں کی چوٹی جیسے خود اپنی طاقت سے اچھلی اور تنکوں کی ٹھنڈی چٹائی پر جا پڑی۔ اللہ خیر کرے۔ میں نے دل میں کہا۔ پھر کانسی کے کنگن بجے اور چادر پھینکتی ہوئی مردہ گھر کے انچارج کی عورت پدما تنکوں کی چٹائی پر اٹھی اور آلتھی پالتھی مار کے بیٹھ گئی۔ مراٹھی لباس اس قابل نہیں ہوتا کہ کوئی بھی صحت مند عورت فرش پر آلتھی پالتھی مار کے بیٹھ سکے۔ ویسے زیادتی کی بات الگ ہے۔۔۔ کوئی دھاندلی پر ہی تل جائے تو کیا کیا جا سکتا ہے۔

وہ عورت پدما دھاندلی پر تلی ہوئی تھی۔ اسی جان کار چالاک طریقے سے ہنسی اور بولی، "ساری دوپہری سو کے نکال دی۔ ہاں؟" میں نے چادر سے خود کو اور اچھی طرح لپیٹ لیا اور سرہانے تہہ کیے رکھے اپنے کپڑوں کی طرف اشارہ کر کے پوچھا، "یہ یہاں کس نے رکھے؟"

"میں نے رکھے۔ اور کون رکھے گا؟" وہ چمکتے دانتوں کے لشکارے میں بولی اور میں سناٹے میں آگیا۔ میں جو کچھ پہنے ہوئے تھا، پتا نہیں وہ کہاں سے آیا ہوگا۔ اسے میں نے اپنے بدن پہ خود نہیں چڑھایا تھا۔ یہ تو میرا تھا ہی نہیں، اور سب سے بڑی بات، میرے بدن پہ یہ آخر چڑھایا کس نے؟ میں نے پوچھا، "جو میں پہنے ہوں۔۔۔ یہ کس نے پہنایا ہے؟"

"سمپورنا نے۔" اس عورت نے اسی طرح بیٹھے بیٹھے انگڑائی لی تھی۔

"سمپورنا؟ کون سمپورنا؟"

"سمپورنا، میرا آدمی اور کون۔"

"اس نے۔۔۔؟ اس نے کیوں۔۔۔؟"

وہ بات کاٹ کے اٹھلا کے بولی، "وہ نہیں پہناتا تو کیا میں پہناتی۔۔۔؟ وارے وا!" اور وہ منھ پہ ہاتھ رکھ کے جیسے شرما کے ہنسنے لگی۔ مجھے غصہ آرہا تھا، "مگر یہ کیوں کیا؟ تیرے آدمی کو آخر ایسی کیا۔۔۔؟"

"لو!" وہ الٹا برا مان گئی۔ "تیرے کپڑے سوتے میں مسل رہے تھے، یہ کون برا کیا ہم نے؟"

میں نے اسے ڈانٹا، "کس قسم کے لوگ ہو تم؟ کیا ضرورت تھی بھلا؟ اور یہ بنیان کچھا جو پہنایا ہے، کس کا ہے یہ؟ کہاں سے آیا ہے؟" میرے ڈانٹنے کا اس پر کوئی اثر نہیں

ہوا۔ اپنے بھرے بھرے ہونٹوں کی چونچ سی بنا کے بولی، "میرے کو کیا کھبر کس کا ہے؟"

""کہاں سے آیا ہے؟"

"آئے گا کہاں سے؟ ارے وہی سمپورنا مردے گھر سے اٹھا لایا ہوگا۔"

"مر۔۔۔؟" میں چادر پھینک کے اٹھا۔ پھر فوراً ہی خود کو چادر میں لپیٹ کے بیٹھ گیا۔ وہ مجھے کچھا پہنے دیکھ کے آنکھوں پہ ہاتھوں کی اوٹ کیے گھوم گئی تھی اور بے رکے ہنسے جا رہی تھی، دھیرے دھیرے کہے جا رہی تھی، "بے سرم نہیں تو۔۔۔بے سرم۔"

اس سالے سمپورنا نے مجھے کسی مردے کا انڈرویئر بنیان پہنا دیا ہے۔ میں غصے میں جیسے کانپتا لرزتا، کپڑے اٹھا کے باہر بھاگا۔ عورت کی ہنسی سے بے حال ہونے کی آوازیں رسوئی تک آتی رہیں۔ چھوٹے سے کوارٹر میں غسل خانہ کہاں سے آتا۔ میں نے رسوئی گھر میں سیمنٹ کا چبوترا بنا دیکھ لیا تھا۔ صابن تھا، پانی سے بھری ایک بالٹی بھی رکھی تھی۔ انڈرویئر بنیان پھینک جلدی جلدی میں نے صابن ملا، ڈونگے سے خود پر پانی بہالیا اور جیسے تیسے کپڑے پہن کے سردی سے کانپتا واپس اپنے بستر پر آگیا۔ وہ اب بستر پر بچھی چادر کی سلوٹیں درست کرنے کے بعد پٹی پر بیٹھی مزے سے ٹانگیں ہلا رہی تھی۔

مجھے بھیگا ہوا اور سردی سے کانپتا دیکھ کے بولی، "دیکھا؟ کیسا چلایا تجھے۔ ارے بدھو! تو نے دیکھا بھی نہیں۔ بالکل نیا نکور کچھا بنیان ہے۔ سمپورنا کے لیے لائی تھی۔ ابھی پیکن بھی نہیں کھولی تھی اس کی۔۔۔ کیسا چلایا تجھے۔۔۔ دیکھا!" پھر ہنستے ہوئے بولی، "سردی کے ٹیم تجھ سے اسنان کرنے کو بولتی تو صاف منے کر دیتا۔ اب آیا نا جھٹ پانی ڈال کے۔۔۔ صابن کی مست کھس بو آرہی ہے تیرے پاس سے۔"

بکواس عورت تھی۔ میں نے چادر کھینچ کے خود کو سردی سے بچانے کے لیے لپیٹنا

شروع کر دیا تو ہاتھ بڑھا کے وہ میری مدد کرنے لگی۔ میں نے ہاتھ جھٹک دیا تو جھوٹ موٹ کے غصے میں بڑبڑانے لگی، "دیکھو رے کیسا ناکدرا مجوان ہے۔ ہم سیوا کرتے ہیں، یہ سسرا گھسہ ہوتا ہے۔"

میں ایسا کون گل فام ہوں کہ کہیں جاؤں تو عورتیں لڑکیاں جان کو آجائیں۔۔۔ مگر جو ہو رہا تھا سامنے تھا۔ میں سوچ رہا تھا کہ کسی طرح اس سرجن سے مل کے درخواست کروں کہ میرا پیچھا چھڑاؤ اس مردہ گھر اسٹاف سے۔ بے شک جب تک میرا ٹرک نہیں آجاتا، رہائش کی اجرت میں وہ مجھ سے کام لے لے۔ میں ہر طرح کی محنت مشقت کرلوں گا۔ ہاسپٹل کے کچن میں برتن دھونے، سبزی ترکاری صاف کرنے، کاٹنے، تیار کرنے تک پہ راضی ہوں۔ وہ مالی کا کام دے دے یا کچھ نہیں تو وارڈ بوائے کا اسسٹنٹ بنادے، مجھے کوئی اعتراض نہیں ہے۔ ابھی میں پوری طرح اپنی درخواست سوچ بھی نہیں پایا تھا کہ وہ عورت بڑی سی تھال میں کچھ کھانے کو لے آئی۔ بولی، "کھانے کا ٹیم نکال دیا۔ چھوٹا بریک فاس کرلے۔ پھر بڑا کام کرنا ہے۔"

میں نے پوچھا، "کیسا کام؟"

بولی، "کتنے ہی دن کے رکے ہوئے کام ہیں۔"

"رکے ہوئے؟" میں نے پوچھا تو اس نے "ہاں" میں سر ہلایا، یہ نہ بتایا کہ کس طرح کے کام ہوں گے۔ ناشتے میں سوجی سے بنا نمکین حلوہ تھا جسے ساؤتھ میں اُپما کہتے ہیں۔ ایک بڑا سا خوشبودار قلمی آم اور دو مٹھی چیوڑا تھا کھٹ مٹھا۔ میں نے خاموشی سے جا کے کلی کی، ہاتھ دھوئے اور شوق سے یہ انوکھا مزے دار ناشتا کیا۔ وہ تھال واپس لے گئی اور دو گلاس بھر کے چائے لے آئی۔۔۔ ایک خود اس کے لیے تھا جسے وہ دونوں ہاتھوں میں تھام کے آلتھی پالتھی مار کے میرے سامنے چٹائی پر بیٹھ کر پینے لگی۔ مگر وہ جس طرح

بیٹھی تھی اس سے کوئی بھی الجھن میں پڑ سکتا تھا۔

"چائے اچھی تھی۔" میں نے تعریف کی تو بولی، "یہ کچھ نہیں ہے، چائے تو کبھی کسی ٹیم تجھے پلاؤں گی کیسری، کستوری چائے۔" مجھے معلوم نہیں تھا کیسری کستوری چائے کیا ہوتی ہے۔ میں نے پوچھ لیا۔ بولی، "جافران اور جڑی بوٹی ملاتے ہیں چائے میں۔" میں نے سوچا ہو گی کچھ، تفصیل کیا پوچھنی۔ وہ ٹکٹکی باندھے میری صورت دیکھتی رہی۔ دیر تک میں کچھ نہ بولا تو کہنے لگی، "تو نے پوچھا نہیں کستوری چائے ابھی کیوں نہیں بنائی میں نے تیرے لیے؟" میں نے کہا، "اس میں پوچھنے کی کیا بات ہے؟" بولی، "ہے ایک بات۔ پر میں تجھے بتاؤں گی نہیں۔ تو سمجھے گا بالکل کھیال نہیں ہے، لاج سرم پیچ کھائی ہے پدمانے۔"

"چائے بنانے نہ بنانے میں لاج شرم کیسی؟" بولی، "جب بتاؤں گی نا تو تیری سمز میں آجائے گی سب بات۔" میں سمجھ رہا تھا کہ وہ بھی اپنے میاں کی طرح بکواس ہے، اس لیے چپ رہا۔ اچانک پوچھنے لگی، "تو نے کبھی عورت رکھی ہے؟" ابے لے! یہ کس قسم کا سوال ہے؟ میں اس کی صورت دیکھنے لگا۔ وہ اپنی زبان رخسار میں ٹکائے، چھوٹا سا ایک شریر ٹیلا بنائے اپنی بڑی بڑی آنکھوں سے مجھے تکے جا رہی تھی۔ میں نے کچھ الجھن، تھوڑی جھونجھل کے ساتھ اسے دیکھا تو خود ہی بولی، "نہیں رے، لگتا ہے بالکل کورا ہے۔ پھر تو کیسری کستوری تجھے نہیں پچے گی۔ ابھی نہیں پلاؤں گی۔ جب سمپورنا کدھری سے کوئی جنانی تیرے لیے گھیر کے لائے گا اسی ٹیم کیسری چائے دوں گی تیرے کو۔۔۔ اور کیا! دوسری جنانی نہیں ہوئی تو مجھے کوئی اپنے لیے مصیبت بلانی ہے؟ چائے پی کے تو تو نے بے ناتھ کا بجار ہی بن جانا ہے۔ میری تو سامت آجائے گی۔۔۔ میرا سمپورنا بے چارہ! اور جو اس نے کوئی بات کہہ دینی، روک ٹوک کرنی، تو تم دوئی جنے سانڈوں کی طرح پل پڑو گے ایک دوسرے پہ۔ ناں رے ناں۔۔۔ ہی ہی ہی۔"

وہ ہنستی رہی۔ میرا گلا خشک ہو رہا تھا۔ میں نے سوچ لیا کہ ابھی دو بے.جی سرجن سے مل کے یہ مسئلہ حل کرنا ہے۔ ایسے گزارا نہیں ہو سکتا بھائی۔۔۔ انسان کا بچہ ہوں، فرشتہ نہیں ہوں، ہاں۔ میں ہاتھ دھو کے آیا تو وہ پلاسٹک کی ایک بالٹی میں صابن اور اسپنج کا ٹکڑا ڈالے صحن میں آ کھڑی ہوئی۔ صورت سے لگتا تھا کہ کام کا موڈ بنا کے آئی ہے۔ اب وہ چھیڑ چھاڑ، کھلواڑ کے موڈ میں نہیں تھی۔ میں نے پوچھا، "کیا کرنا ہے؟" بولی، "کام۔ یہ ایک بالٹی پونچھا تیرے باسطے اٹھالیا ہے۔ آجا میرے ساتھ۔"

"جانا کہاں ہے؟"

بولی، "سب کھبر لگ جائے گی۔ آجا۔"

کوارٹر میں تالا ڈال کے وہ مردہ گھر کی طرف چلی۔ میرا جی گھبرانے لگا۔ اب کیا وہ مجھے مردے نہلوانے کے لیے لے جا رہی ہے؟ مگر وہ برابر کے کھلے شیڈ کی طرف مڑ گئی۔ کھلے شیڈ میں اسٹیل کے ریک کھڑے تھے جن میں ایک ہی سائز کے پلاسٹک کے ٹب جیسے اوپر تلے جمے ہوئے تھے۔ ٹبوں سے دواؤں کی ناگوار بو اٹھ رہی تھی۔ خاصے موٹے پلاسٹک سے بنے یہ ٹب اتنے بھاری تھے کہ اکیلی پدما ریک سے ایک اتارنا چاہتی تھی تو اس سے اتارا نہ گیا۔ میں نے مدد کی تب کام بنا۔

وہ ریکوں کے پیچھے جا کر ایک اور بالٹی اسپنج، اور صابن کا ٹکڑا اٹھا لائی اور نل میں لگا ربر پائپ سنبھال کے ٹب کو تر کرنے لگی۔ پھر اس نے چکنے پلاسٹک پر اسپنج سے جھاگ بنا بنا کے خوب صابن ملا اور مجھے دکھا دکھا کے بہت دیر تک اسے اندر سے صاف کرتی رہی۔ میں نے اور اس نے ٹب الٹ دیا تو پدما نے بتایا کہ باہر کی سطح کس طرح صاف کی جاتی ہے۔ کچھ دیر میں وہ جگمگانے لگا۔ اس کے اشارے پر میں نے وہ صاف کیا ہوا ٹب خالی ریک پر سوکھنے کو رکھ دیا۔ میں اور پدما دو سوا دو گھنٹے اسی طرح مصروف رہے۔ پھر اس نے

پوچھا کہ اگر مجھے ٹب صاف کرنے، سنبھالنے کا طریقہ آگیا ہے تو اب وہ جائے گی، اسے اور بہت کام ہیں۔ میں نے کہا، "ہاں تم جاؤ، میں سمجھ گیا ہوں۔" کافی رات تک میں اسی شیڈ میں پلاسٹک کے ٹبوں کو صاف کر کر کے ریکوں پر رکھتا رہا۔ رات میں کسی وقت سمپورنا آیا۔ کہنے لگا، "چل کوارٹر میں نہا دھو کے کچھ کھا پی لے۔" میں نے کہا، "ہوں!"

سمپورنا اور اس کی عورت کس چکر میں تھے، یہ تو ابھی کہا نہیں جا سکتا تھا۔ مگر عام سوجھ بوجھ کا آدمی بھی جان سکتا تھا کہ یہ جوڑا کوئی گڑبڑ کر رہا ہے۔ پہلے میاں نے اپنے مہمان، کسی مسلمان بھائی کا قصہ سنا کے مجھے بتانا چاہا تھا کہ اس کی پدما کتنی "چالاک" ہے، پھر خود پدما نے اپنی اٹھک بیٹھک، اپنے انداز اور صاف صاف باتوں سے مجھے مائل کرنے اور ڈھب پر لانے کی کوشش کی تھی۔ ان لوگوں سے دور رہنا ضروری تھا۔ ٹھیک ہے، دیکھ لوں گا۔۔۔ صبح تک تو میرے جانے کا کچھ ہو ہی جائے گا۔ ہم دونوں کوارٹر میں پہنچے تو کسی انتظام کے تحت سرجن دوبے وہاں پہلے سے بیٹھا تھا۔ اسٹول کھینچ کے اس نے مجھے بھی بٹھالیا۔ کہنے لگا، "ٹھیک سے سنو۔ پولیس تمہاری تلاش میں کئی گھنٹے سے ادھر ہاسپٹل میں سرچ کر رہی ہے۔ شام کو آگئے تھے باسٹرڈ اور اسٹاف سے پوچھ گچھ کر رہے تھے۔"

یہ پریشانی کی بات تھی۔ میں نے تشویش ظاہر کی تو سرجن نے تسلی دی۔ اصل میں وہ احسان جتانا چاہتا تھا اور یہ بتا رہا تھا کہ میری وجہ سے خود وہ خطرے میں آگیا ہے۔ میں نے کہا، "مجھے پورا پورا خیال ہے کہ میری وجہ سے آپ کی پوزیشن خراب ہو سکتی ہے۔" اس نے ہاں میں سر ہلایا۔ پھر بولا، "سمجھ دار آدمی ہو۔ میں پولیس سے بچا تو لوں گا۔ اس میں کھطرہ بھی ہے اور کھد میری اپنی جیب سے کھرچا بھی بہت ہو رہا ہے۔ تو اب بتاؤ بدلے میں تم میرے لیے کیا کر سکتے ہو؟" میں نے کہا، "جو آپ کہیں۔ میں رقم کا بندوبست کر سکتا ہوں۔ ٹرک آجائے، آپ جو رقم مانگیں گے، ادا کر دوں گا۔ مجھے بس

وقت دے دیجیے۔"

دوبے بولا، "کیش رکم مجھے نہیں چھیے۔ میرے پاس بہت پیسا ہے۔ تم سے تھوڑا کو آپریشن مانگتا ہوں۔ ایسا کرو کہ جو آفر اس ٹائم دے رہا ہوں اس میں کھوب سوچو سمجھو، پیچھے مجھے جواب دینا۔" میں نے کہا، "آپ اپنی شرط یا آفر جو بھی ہے، بتاؤ۔" کہنے لگا، "ایک ساتھ میرے بہت سے آدمی نوکری چھوڑ کے چلے گئے ہیں۔ دبئی میں کوئی ہاسپٹل کھلا ہے اس کی بھرتی سبھی جگے ہو رہی ہے۔ تو لمبی لمبی پے کی لالچ میں سبھی اسکاؤنڈرل چلے گئے۔ ادھر کے کام چور بے ڈھنگے ورکر میں بھرتی نہیں کر سکتا۔۔۔ سارا کچھ برباد کر دیں گے۔ اسی لیے چالتا ہوں کہ جبھی تک میں تمہارے جیسے سمجھدار اور مجبوط باڈی والے ورکر نہیں بھرتی کر لوں، اس وقت تک تم میرے ہاسپٹل میں کام کرتے رہو۔ پر بھائی جی! یہ جان لو، بدلے میں ٹھہرنے کی جگہ اور کھانا ہی ملے گا۔"

میں نے کہا، "ٹھیک ہے، میں کام کر رہا ہوں۔ کرتا رہوں گا۔ پر پتا تو چلے کہ کتنے دن رہنا، کام کرنا ہو گا؟" سرجن بولا، "ویسے تو پوزیشن سنبھالنے میں پانچ ویک لگے گا۔ پر میں چار ویک میں چھٹی دے دوں گا کیوں کی تمہارے لیے اگلا ٹرک چار ویک میں آنے کا ہے۔" میں نے کہا، "یہ تو بہت ٹائم ہے۔" بولا، "سوچ لو، ایسا ہی ہے۔۔۔ اگلے ٹرک کی ٹائمنگ ایسے ہی سیٹ ہو رہی ہے۔" میں نے کہا، "ٹھیک ہے۔۔۔ میرے رہنے کا کوئی اور بندوبست کر دو۔" پوچھنے لگا، "کیوں؟ سمپورنا کے گھر کوئی تکلیف ہے؟" میں نے کہا، "میاں بیوی کے بیچ ایک اجنبی آدمی کا رہنا جو نوجوان بھی ہو کسی طرح صحیح نہیں ہے۔" سرجن ہنسنے لگا، "یہ تمہیں کس نے بتایا کہ دونوں میاں بیوی ہیں؟"

میں نے کہا، "کون بتاتا؟ یہی دونوں کہہ رہے تھے۔ پھر رہتے جو ایک ساتھ ہیں۔" میں نے سمپورنا کی طرف دیکھا، وہ دانت نکالے مسکرا رہا تھا۔

"ارے یہ دوست دوست ہیں، میاں بیوی نہیں ہیں۔ ہاں، یہ الگ بات ہے کہ بستر مسہری کی کمی بیشی کی وجہ سے بے چارے ایک ساتھ گجارا کر رہے ہیں۔ ہاہاہا۔" سرجن نے یہ بات سمپورنا کی طرف دیکھتے ہوئے کہی تھی۔۔۔ اس نے پھر دانت نکال دیے تھے۔ میں ان کی صورتیں دیکھتا رہ گیا۔۔۔ یہاں کیسی کیسی باتیں دیکھنے کو مل رہی ہیں۔

"خیر، جو بھی ہو۔ کسی کے ساتھ بھی۔۔۔ چاہے میاں بیوی ہوں یا نہ ہوں۔۔۔ میرا رہنا ٹھیک نہیں ہے۔ میں تو چھڑے چھانٹ مردوں کے ساتھ بھی رہنے سے پریشان ہوتا ہوں۔ کوئی اکیلا کوارٹر، الگ تھلگ کمرہ ہی دے دو مجھے۔ میں اپنا ٹائم نکال لوں گا۔" سرجن بولا، "ٹھیک ہے۔ ایک دو دن گجارا کر لو۔ کچھ کر دوں گا۔" پھر وہ کہنے لگا کہ کام کی ڈیٹیلز تو مجھے پدما اور سمپورنا ہی بتائیں گے، چاہے میں ان کے ساتھ رہوں نہ رہوں۔

"اور کام۔۔۔" کہنے لگا، "کام سبھی طرح کے آتے رہتے ہیں۔ چنتا نہ کرو، سیکھنے میں کوئی اڑچن نہیں آئے گی۔" وہ رات ایک بجے تک کوارٹر میں بیٹھا بک بک کرتا رہا۔ اس کے جاتے ہی نہا دھو کے سردی سے لرزتے کانپتے کچھ زہر مار کر کے میں اپنے کمرے میں آیا تو دیکھا میرے بستر پر میرے کمبل میں پدما لپٹی پڑی ہے۔ یہ کس طرح کا پریشر ڈالا جا رہا ہے؟ لگتا ہے کہ کسی طے شدہ منصوبے کے مطابق ہو رہا ہے یہ سب کچھ۔

"کیا چکر ہے؟ جاؤ یہاں سے، جاؤ اپنے کمرے میں۔" میں نے شور کیا تو وہ اٹھ بیٹھی۔ اس کے آدمی۔۔۔ مطلب سمپورنا نے میری آواز سن کے پرشور طریقے سے اپنے کمرے کا دروازہ بند کر لیا۔ گویا اپنی طرف سے اس نے اس سارے معاملے سے ہاتھ جھاڑ لیے تھے۔ وہ اسی طرح بستر پر بیٹھی ہتھیلیوں سے آنکھیں ملے جا رہی تھی جیسے رات کی شفٹ سے گھر لوٹتے میاں کے آنے پر بیوی کچھ آسودہ کہ آ گیا ہے اور نیند خراب ہونے پر کچھ ناراض ناراض سی بیٹھی بستر پر آنکھیں ملتی ہے۔ میں نے دوبارہ اسے بستر خالی کرنے کا

اشارہ کیا تو پوچھنے لگی، "ڈاک صاحب سے بات ہو گئی تیری؟"

میں بہت چڑ گیا تھا، "تجھے میری بات ہونے نہ ہونے کی کیا فکر ہے؟ جا اپنے کمرے میں۔۔۔ سونے دے مجھے۔ تھکا ہوا ہوں اور دیکھ نہیں رہی، کپکپی چھوٹ رہی ہے۔" بولی، "میں تو سب دیکھ رہی ہوں پر تیری سمز میں جرا نہیں آتا۔ لے۔" اس نے آدھا کمبل کھینچ کے جیسے میرے لیے فالتو کر دیا، آدھے بستر پہ میرے لیے جگہ بنا دی۔ "جھگڑتا کیوں ہے۔ آجا۔" یہ ڈھٹائی میرے لیے نئی چیز تھی۔ میں نے کہا، "دیکھو، مجھے غلط سمجھ رہی ہو تم۔ اس کوارٹر میں مجھے ایک دو روز گزارنا ہیں۔ تم اگر مجھے اکیلا چھوڑ دو گی تو مہربانی ہو گی تمہاری۔" کہنے لگی، "میں تجھے کیا کہتی ہوں؟ کوئی کھا تو نہیں جاؤں گی۔ مرا جا رہا ہے ڈر کے مارے۔ ارے ایک باجو آ کے پڑ جا۔ میری طرف سے تو اکیلا ہی ہے۔ چل تو کہے تو اب بات بھی نہیں کروں گی۔"

مجھے طرارہ آ گیا، "ٹھیک ہے۔ میں جا رہا ہوں۔ اس سمپورنا سالے کو دو ہاتھ مار کے اس کمرے سے نکالتا ہوں۔ یہ ہے تو یہی سہی۔" وہ اٹھی، میرے برابر آ کھڑی ہوئی۔ میرے ہاتھ تھام کے (اس کے ہاتھ خوب گرم ہو رہے تھے) خوشامد سے کہنے لگی، "ناں ناں، تو سمپورنا کو مار پیٹ مت کرنا۔ میری اس کی لڑائی ہے، بول چال بند ہے۔ میں اس کے پاس نہیں جاؤں گی۔ نہ ہی اسے ادھر آنے دوں گی۔ ارے ایک ہی بار کی تو بات ہے۔ مجھے ادھر پڑا رہنے دے۔ سبیرے کا مجھے پتا ہے سمپورنا مجھے منا لے گا۔" میں نے فرش پر بچھی سیتل پاٹی کی طرف اشارہ کیا، "بستر خالی کر دے۔ جا سوتی ہے تو ادھر جا کے سو جا۔ ادھر نہیں ٹکنے دوں گا تجھے۔"

وہ جیسے مجبوری میں اٹھی، میرا کمبل سیتل پاٹی پہ جا کے خوب اوڑھ لپیٹ کے پڑ گئی۔ بستر پر بس تکیہ اور گدا چادر رہ گئے۔ پہلے میں سمجھا یہ اس کی کوئی نئی عیاری ہے۔ مجھے

ستانے کو کمبل کھینچ کے چل دی ہے، مگر دو ہی تین منٹ میں وہ سکون سے خراٹے لینے لگی۔ میرے لیے سردی میں نچلا بیٹھنا دوبھر ہو رہا تھا۔ کسی لحاف کمبل کے بغیر لیٹتا کیسے۔ نیند آنے کا تو سوال ہی نہیں تھا۔ اس کو اٹھانا یا دوبارہ یہ مسئلہ چھیڑنا ٹھیک نہیں تھا۔ میں نے دیکھا گدے کے نیچے دری بچھی تھی۔ تو بستر کی دری پر لیٹ میں نے چادر اوڑھی اور جیسے تیسے اپنے اوپر گدا لے لیا۔ کچھ دیر بے چین رہا، آخر میں گرم اور پر سکون ہوتا گیا۔

سویرے کے ساڑھے آٹھ، پونے نو بجے ہوں گے جو اس عورت نے آواز دے کے مجھے اٹھا دیا۔ نہ معلوم کس وقت اس نے اوپر سے گدا ہٹا کے مجھے کمبل اڑھا دیا تھا۔ رات کی باتوں کا اثر نہ تو سمپورنا کے، نہ پدما کے چہرے پر تھا۔ معمول کے مطابق ناشتے کی اور کام پر جانے کی تیاری کرتے ہوئے وہ مجھ سے ادھر ادھر کی ہلکی پھلکی باتیں کرتے رہے۔ آج پھر شیڈ میں لے جا کے انہوں نے مجھے پلاسٹک کے ٹب دھونے مانجھنے کی ڈیوٹی دی۔ پدما بولی، "دھلائی سے تجھے لنچ کے ٹیم تک پھرصت مل جائے گی۔ کوارٹر پے آجانا، تجھے اور سمپورنا کو چاول دال بنا دوں گی۔" میں نے سر ہلا دیا۔ کوئی زیادہ بات اس نے بھی نہ کی۔ میں سمجھ گیا، اس سے زیادہ بات کرنے میں میرا ہی نقصان ہے۔

لنچ کے وقت تک میں پلاسٹک کے وہ انوکھے ٹب دھوتا سکھاتا رہا۔ کوارٹر پہ آیا تو سمپورنا پدما مجھ سے پہلے آئے ہوئے تھے۔ انھیں دیکھ کے لگتا تھا کہ لڑائی کے بعد میل ملاپ ہو گیا ہے، کیوں کہ دونوں بہت پاس پاس بیٹھے تھے۔ دوپہر تھی، پھر بھی پدما نے لپ اسٹک روژ لگائی ہوئی تھی، جو اس سالے سمپورنا کے چوکھٹے پر جگہ جگہ اتر آئی تھی۔ عورت نے ہمیں دال چاول اور آم کا اچار دیا۔ کھانا اچھا بنا تھا۔ مجھے اس میں ہینگ کی مہک بھی آئی جو اچھی لگی۔ کھانے کے بعد سمپورنا میرے ساتھ ہو لیا۔ کہنے لگا، "ٹب پورے دھل گئے۔ اب آؤ ان کی فنسنگ کر لیتے ہیں۔" میں نے پوچھا، "کیسی فنشنگ؟" بولا،

"چل تو رہے ہیں۔ دیکھ لینا۔"

کوارٹر سے نکل کے ہم سیدھے مردہ خانے کی طرف چلے۔ سمپورنا نے چابی نکالی، تالا کھولا، اندر کی لائٹیں جلائیں اور دروازہ اندر سے مقفل کرنے لگا۔ میں نے پوچھا، "تالا کیوں ڈال رہے ہو؟" ہنس کے کہنے لگا، "اس لیے کہ تم بھاگ نہیں جاؤ۔" ایسی کوئی ہنسی کی بات نہیں تھی۔ میں نے اس کی طرف سنجیدگی سے دیکھا۔ اب وہ بھی سنجیدہ تھا۔ اسی وقت میری نظر سامنے مردے رکھنے والے سیمنٹ کے سلیبوں پر پڑی۔ وہاں کوئی دو درجن ننگ دھڑنگ، دھلی دھلائی تیار کی ہوئی لاشیں رکھی تھیں۔

مردوں، عورتوں، بوڑھوں، نوجوانوں کی لاشیں، جنھیں دیکھتے ہی معلوم ہو جاتا تھا کہ پیٹ چاک کرکے ہر لاش کی آلائش نکال دی گئی ہے۔ پلاسٹک اور اسٹیل کے بڑے بڑے ڈرم ایک قطار میں رکھے تھے۔ ان میں وہی دوا ہو گی جس کی ناگوار بو میں نے دو روز تک ٹب دھوتے ہوئے محسوس کی تھی۔ یہ کسی طرح کی گوشت محفوظ کرنے والی دوا تھی یا کچھ اور۔۔۔ اللہ جانے۔ ڈرموں کے برابر اوپر تلے پلاسٹک کے وہ ٹب رکھے تھے جنھیں میں نے دو دن کی محنت سے دھو سکھا کے جگمگا دیا تھا۔

ابھی میں مردہ گھر میں سجی ان سب چیزوں کا جائزہ ہی لے رہا تھا کہ کسی اندرونی کھٹکے سے کوئی بغلی دروازہ کھلا اور سفید کوٹ پتلون، سفید بے داغ گاؤن اور ربڑ کے دستانے پہنے، ربڑ کے اونچے جوتوں میں فرش پر کھس کھس کرتا ہوا سرجن دوبے آیا، بالکل سامنے لاشوں سے پٹے سلیبوں کے درمیان کھڑا ہو گیا اور خوش مزاجی سے بولا، "ہیلو!"

"یہ کیا ہو رہا ہے؟" میں نے پریشان ہو کے دوبے سے پوچھا۔ وہ بولا، "آج ہم ان ڈیڈ باڈیز کو پیک کریں گے۔"

"کیوں؟" میں لاحول پڑھنا چاہتا تھا، مگر نہ معلوم کیوں میں نے سوال کیا تھا۔

سرجن دوبے سمپورنا کی طرف مڑا، "تم نے سمپورنا۔۔۔ اسے کچھ نہیں بتایا؟" وہ بولا، "ڈاک صاحب! میں نے سوچا پہلے سے بتانا کیا جروری ہے۔ ہم جبھی کام کرنے بیٹھیں گے اسے سب کھبر ہو جائے گی۔"

"نہیں نہیں، یہ برا ہے۔ سچی بات یہ ہے کہ مجھے چھپانا، جھوٹ بولنا اچھا نہیں لگتا۔ ارے بھئی جس کسی کو بھی ہمارے لیے کام کرنا ہے اسے کھبر ہونی چہیے کہ ہم کیا کر رہے ہیں۔۔۔ مطلب اس کو کیا کام کرنے کا ہے ہمارے باسطے۔ ہاں۔" پھر وہ اپنے ربڑ کے دستانوں سے کھیلتا ہوا بولا، "ہم واستو میں۔۔۔ مطلب ان فیکٹ۔۔۔ ہم لاشیں جمع کرتے ہیں۔"

"جمع کرتے ہیں؟"

"ہاں، مطلب Collect کرتے ہیں ڈیڈ باڈیز۔"

"پر کیوں؟"

"اسٹور کرنے کے لیے۔"

"اسٹور کس لیے۔۔۔؟"

"اسٹور نہیں کرو تو لاشیں rot ہونے لگتی ہیں اور میموری میں اور ساہتیہ میں اور ہسٹری، مطلب اتیہاس میں نکل نکل کے آتی ہیں بار بار۔۔۔ کئی کئی ہجار برس کی لاش پانی سے اور شمشان بھومی سے اور کبرستان سے نکل کے آتی ہے اور کنور ہیملٹ کے پتا کی طرح گڑھیوں کی برجیوں پے ٹہل لگاتی ہے۔"

باپ رے باپ! یہ کیا بدمعاشی ہو رہی ہے؟ میں نے سوچا۔ وہ میرا خیال پڑھ رہا تھا۔ بولا، "بدمعاشی نہیں ہے۔۔۔ راج نیتی ہے، مطلب politics میں اور کسی بھی طرح کی چودھراہٹ میں اس پرکار کا disposal جروری ہے۔ نہیں تو گدی نہیں سنبھالی

جاسکتی۔۔۔اوں ہنک۔"

پر اس کیمیکل سے اور ٹبوں سے، ہمیشہ کے لیے، لاشوں کو کیسے کوئی ڈسپوز آف کر سکتا ہے؟ جب آگ اور مٹی اور پانی ہزار برس بعد بھی ناپسندیدہ کے ڈے ورز (cadavers) کو اپنا rot پھیلانے سے نہیں روک سکتے، تو یہ سب کیمیکل کیا کرپائیں گے؟ وہ میرا اعتراض سمجھ گیا تھا۔ تو اس نے مجھے بتایا کہ کیمیکل اسپرے کرکے پلاسٹک کے ایک ٹب میں لاش رکھ دی جاتی ہے اور دوسرے ٹب کو، جو اصل میں ڈھکنے کی طرح کا ہے، سیٹ کرکے لاش کو ایئر ٹائٹ وغیرہ کردیا جاتا ہے۔ پھر اندر لاش پر فراموش گاری کا عمل شروع ہوتا ہے۔ لاش کا سب رکارڈ، نام، پتا، زمانہ، اس کے خیالات اور نظریات، اس کی شبیہیں، اس کے لیے کہی گئی نظمیں، اس کے لیے نکالے ہوئے جلوس سب liquidate ہوتے رہتے ہیں۔ باہر بھی کوئی اس کا نام نہیں لیتا ہے۔ اس کا نام، پتا، زمانہ، خیالات، نظریات، شبیہیں، اور اس کے لئے کہی گئی نظمیں، نکالے ہوئے جلوس ایک huge غیر متعلق information junk میں اچھی طرح پھینٹ دیے جاتے ہیں کہ کوئی انہیں salvage نہ کرسکے۔ پھر وہ سب کچھ ignore کیا جاتا ہے اور کبھی کسی بات کی تردید نہیں کی جاتی کہ تردید ایک طرح کی negative موجودگی ہے۔

مجھے متلی آرہی تھی۔۔۔ یہ حرام زادہ کس اطمینان سے اتنے بڑے فراڈ، تاریخ کی ایسی بھیانک tempering کا سرسری ساذکر کررہا ہے، بالکل نہیں شرماتا، اور سمجھ رہا ہے کہ میں اس حرام زدگی میں اس کا ساتھ دوں گا۔ ہرگز نہیں۔ میں نے پرزور احتجاج کرنے کے لیے حلق سے کوئی آواز نکالی جس کا کچھ مطلب نہیں تھا۔۔۔ اس لیے آواز میں جان نہیں تھی۔ دوبے کہنے لگا، "سنو! پہلے سمپورنا ٹب میں دوا کا اسپرے کرے گا۔ اب تم چاہو تو اپنی کسی دعا سے کام شروع کرسکتے ہو۔ (تم لوگ کو دعا وگیرہ کا بڑا شوق ہے۔)"

میں نے پھنسی ہوئی آواز میں کہا، "میں یہاں سے جانا چاہتا ہوں۔" وہ نرمی سے بولا، "جانے کی بات مت کرو۔ ادھر بھی یہی ہے، بائی گاڈ، کوئی ڈفرنس نہیں ہے۔ ایسا ہے کہ تم کو دیکھنے کا چانس نہیں ملا ہوگا۔ ادھر چانس مل گیا ہے۔ اچھا تو اب سمپورنا اور تم اسپرے کیے پلاسٹک کے ان آدھے تابوتوں میں لاشیں رکھتے جاؤ۔ میں اوپر سے ڈھکنے اور لائننگ پٹیاں فٹ کرتا جاتا ہوں۔ کم آن get set اینڈ گو!"

تو اب کیا عرض کروں، برس ہوگئے ہیں، ایسا ہے کہ نہ میرا ٹرک آیا ہے، نہ کوارٹر بدلا گیا ہے۔ اسی کوارٹر کے دو کمروں کے بیچ پدما کی اتھل پتھل ہوتی رہتی ہے۔ مجھے کوئی زیادہ پریشانی بھی نہیں ہے۔ ہم دونوں ہی وقائع نگار، مطلب اِسکے ونجرز (scavengers)، ہیں جو اپنی mindless محنت سے ناپسندیدہ میٹریل کو غتربود کرنے کے عمل میں کسی دوبے وغیرہ کا ہاتھ بٹا رہے ہیں۔ سمپورنا اور میں۔۔۔ ہم پلاسٹک کے تابوتوں میں لاشیں رکھتے جاتے ہیں، اور اوپر سے ڈھکنے فٹ کرتے جاتے ہیں۔ کام صحیح چل رہا ہے۔

قارئین! زیادہ خوش ہونے کی ضرورت نہیں ہے۔ میں یہ قصہ یہں بیٹھ کے سنا رہا ہوں، اس لئے یوں سنایا ہے۔ اگر وہاں ہوتا تو دوسری طرح سناتا (نام بدل دیتا اور کہیں کہیں ٹچ اپ کر دیتا۔) ویسے آپ جان گئے ہوں گے کہ ادھر ادھر میں فرق کوئی نہیں ہے۔ دونوں سسرے ایک ہی تھیلی کے چٹے بٹے ہیں۔

***

۵

سرکس کی سادہ سی کہانی

جیپ چل رہی تھی۔ وہ ابھی کہیں پہنچے نہیں تھے۔ تین چار گھنٹے سے جیپ چل رہی تھی۔ جیپ والا کسی سرکس کا رنگ ماسٹر تھا جس نے ان دونوں کو پیدل جاتا دیکھ کر بٹھا لیا تھا، "ارے پیدل کیوں جا رہے ہو؟ آؤ جی بھائی صاحبو بیٹھو! بیٹھ جاؤ!" بھائی صاحبو اس نے عادتاً کہا ہوگا کیوں کہ جنھیں اس نے بٹھایا تھا ان میں ایک مرد تھا، دوسری عورت۔ رنگ ماسٹر کہیں سے پوری بوتل لگا کے چلا تھا۔ آدمی دل پھینک تھا اور خوب باتیں بنا سکتا تھا۔ کہنے لگا، "اب صبح ہونے والی ہے، میرا نشہ ٹوٹ رہا ہے اسی لیے جلدی پہنچنا چاہتا ہوں۔ بھائی صاحبو!" پھر بولا، "دن اگے تک سرکس گراؤنڈ آ جائے گا۔ اور وہاں بھائی صاحبو! میں تم دونوں کو بڑا جنگی ناشتا کراؤں گا۔"

پیچھے بیٹھی عورت اپنے آدمی سے دھیرے سے کچھ کہہ کر ہنسی ہوگی تو رنگ ماسٹر نے جیپ کی رفتار ذرا دھیمی کر کے اونچی آواز میں کہا، "ہاں بھائی صاحبو؟ کیا بات ہو گئی؟ ہمیں بھی سناؤ۔ ہم بھی ہنسیں گے۔" عورت انجن کی آواز پر اپنی آواز بلند کر کے بولی، "کچھ نہیں جی، بات کیا ہوگی۔" رنگ ماسٹر ٹھٹھا مار کے ہنسا، کچھ تو ہے جس کی رازداری ہے۔ بہت دیر سے آپ دونوں بھائی صاحبوں کے راز و نیاز کی آواز آ رہی ہے۔ کیا کوئی موج میلہ چل رہا ہے پیچھے۔۔۔؟ ہاہاہا! ہاں نا بھائی صاحبو؟"

مرد نے کوئی کڑوی بات کہنے کے لیے اسٹارٹ ہی لیا تھا کہ عورت نے اس کے منھ پہ ہاتھ رکھ دیا اور رنگ ماسٹر سے پوچھا، "سرکس گراؤنڈ اور کتنی دور ہے؟" وہ بولا، "بس بھائی! سمجھو پہنچ گئے۔ پہلے ہمارا ہی ٹینٹ ہے۔ اس وقت اس میں ہماری بیلا جی سو رہی ہوں گی۔ ان کو تو ہم اٹھائیں گے نہیں۔ وہ کچی نیند سے اٹھ جائیں تو سارا سارا دن گندی گالیاں بکتی ہیں۔ اس لیے آپ بھائی صاحبوں کے لیے ہم خود ہی کوئی ناشتا واشتا تیار کر لیں گے۔۔۔ ہاں بھائی صاحبو!" مرد نے آدھی جھونجھل، آدھے مسخرے پن میں کہا، "اچھا بھائی صاحبا!" عورت ہنسنے لگی۔

مرد نے پھر پوچھا، "مگر بھائی صاحب! تم نے یہ نہیں بتایا کہ یہ بیلا جی کون ہے۔ بیوی ہے تمھاری؟" رنگ ماسٹر بولا، "بیوی ویوی کوئی نہیں۔ وہ رکھیل ہیں ہماری۔" عورت اور زور سے ٹھٹھے مار کے ہنسنے لگی تو "بھائی صاحبا" خود بھی ہنسا، بولا، "آپ صاحبوں کو گشتی سرکسوں کا کچھ پتا ہی نہیں ہے، اسی لیے ہنستے ہو۔ ارے ہم اگر اپنے ساتھ کوئی بیوی ویوی رکھیں تو چل چکا سرکس۔ چل ہی نہیں سکتا۔ بالکل بھی نہیں۔"

مرد کو اس کی باتوں میں مزہ آنے لگا تھا، اس نے پوچھا کہ کیوں نہیں چل سکتا؟ کہنے لگا، "بیویاں تو ویسے ہی اپنے مردوں کی پتلونیں پھاڑ رکھتی ہیں، ہوش حواسوں میں نہیں رہنے دیتیں۔ اور بھائی ہمارا کام جان جوکھم کا کام ہے۔ کوئی ساٹھ فٹ اونچے تار پر چل رہا ہے بھائی صاحبو! تو کسی نے اوپر پیٹرول چھڑک کے، آگ دکھا کے، سو فٹ کی اونچائی سے بالشت بھر کے ٹب میں چھلانگ لگانی ہے۔ کوئی شیر کے منہ میں اپنی کھوپڑی دیے بیٹھا ہے بھائی صاحبو! تو کسی نے ریچھ کے پچھائے میں ہاتھ دے کے کرتب دکھانے شروع کیے ہیں۔۔۔ الغرض سب سرکس والے اپنی جان پر کھیل کے روزی کما رہے ہیں۔ ایسے میں کون عقل سے پیدل طوطیا ہو گا جو اپنے اوپر چڑی گھٹانے کو ایک بیوی بھی رکھے گا۔ نا

صاحبو نا! ہم لوگ تو رکھیلوں وکھیلوں سے گزارہ کر لیتے ہیں۔ شروع سے یہی چل رہا ہے۔۔۔اور کیا!"

عورت ہنستے ہنستے دہری ہو گئی۔ بڑی مشکل سے ہنسی تھام کے ٹکڑوں ٹکڑوں میں بولی، "اور یہ جو۔۔۔رکھیل تمہاری، تمہیں گالی دیتی ہے گندی گندی۔۔۔یہ کیا ہے؟ اس نے بھی تو تمہارے اوپر چڑھی گانٹھ رکھی ہے؟" وہ بولا، "نا بھائی صاحبو! نا۔ بیلا جی ٹائم ٹائم سے گالی نکالتی ہے۔۔۔وہ جو بولتے ہیں نا کہ تیرے ہونٹ کتنے شیریں ہیں کہ گالیاں کھا کے بھی وہ سسرا بے مزا نہیں ہوتا۔۔۔تو وہی قصہ ہے بھائی صاحبو! پھر اگر بیلا جی ڈاہ لنگ کبھی بے سری بولنے لگتی ہیں، آؤٹ ہونے لگتی ہیں، تو آپ کا فلک شیر رنگ کا ماسٹر ان کی سڑائی بھی کر دیتا ہے۔۔۔تاہم بیویوں کی سڑائی نہیں کی جا سکتی۔۔۔بہ وجوہ!"

عورت نے پوچھا، "سڑائی کیا ہوتی ہے؟" فلک شیر رنگ ماسٹر (یہی اس کا نام تھا) بولا، "آپ سڑائی نہیں جانتیں بھائی صاحبو؟ ارے چھینٹی لگانے کو بولتے ہیں۔ چار چوٹ کی مار لگائی نہیں کہ بیلا جی پھر گنے کی طرح سیدھی اور میٹھی۔" مرد نے کہا، "ہاں ماسٹر! یہ بتاؤ بیوی کو جو چھینٹی نہیں لگائی جا سکتی اس کے کیا وجوہ ہیں؟" رنگ ماسٹر بولا، "حیرت ہے صاحبو! آپ بیوی والے ہو کے بھی یہ وجہ نہیں جانتے۔۔۔خیر، اس ٹائم کیوں کہ آپ کی میم صاحب سامنے موجود ہے، یہ نکتے کی باتیں پھر کبھی عرض کروں گا۔ لو جی! آ گئیں سرکس گراؤنڈز۔" انہوں نے سر اٹھا کر دیکھا۔ سب طرف پیلے بلبوں کی جھالریں ٹنگی نظر آ رہی تھیں۔

سورج نکلنے میں دیر تھی۔ ایک عمومی سناٹے میں ڈیزل یا کیروسین سے چلنے والے جنریٹروں کی آوازیں سنائی دے رہی تھیں۔ میلے کچیلے اوور آل پہنے، گھٹنوں تک کے ربڑ کے جوتے چڑھائے بہت سے آدمی جانوروں کو کھانا پانی دینے اور پنجروں کی صفائی کرنے

خیموں کے درمیان سے نکل نکل کے آ جا رہے تھے۔ پہیے لگے پنجروں کی ایک قطار خیموں چھولداریوں کے بیچ کھڑی کر دی گئی تھی۔ اب مختلف جانوروں کی بھی ہلکی ہلکی آوازیں آنا شروع ہو گئی تھیں۔ وہ شاید جیپ کی آواز سے بے آرام ہو کر بیدار ہو رہے تھے۔ جیپ رک گئی۔

رنگ ماسٹر انجن بند کر کے اترتے نشے اور شرارت کے ساتھ عورت مرد کو دیکھ کے آنکھ مارتا ہوا پردہ اٹھا، پنجوں کے بل اپنے ٹینٹ میں چلا گیا۔ دو تین منٹ بعد پکنک باسکٹ جیسی بید کی صندوق ٹوکری اٹھائے وہ برآمد ہوا اور ہونٹوں پر انگلی رکھ کے انہیں پیچھے آنے کا اشارہ کرتا خیموں کے بیچ بیچ چلنے گا۔ ڈانگریوں والے ورکر اس کے سائے کو پہچان پہچان کر سلام کر رہے تھے۔

بلبوں کی پیلی روشنی میں سرکس کے خیمے کچھ زیادہ اجاڑ اور صبح کی آوازوں کے ہوتے بھی خاموش اور افسردہ لگ رہے تھے۔ تاہم اس افسردگی اور اجاڑ پن میں دور ایک بہت بڑا خیمہ روشنی سے اور چمکیلی آوازوں سے چھلکتا ہوا دکھائی دیا۔ رنگ ماسٹر اپنی پکنک باسکٹ اٹھائے اسی روشن خیمے میں داخل ہو گیا اور اندر رک کر اپنے مہمانوں کا انتظار کرنے لگا۔ اب وہ اونچی کھکھلاتی آواز میں انہیں خیمے میں چلے آنے کو کہہ رہا تھا، "چلے آؤ بھائی صاحبو! آ جاؤ۔ رکنا نہیں ہے۔ توقف نہیں کرنا ہے۔ یہ خیمہ بے تکلف ہے بھائی صاحبو! شیروں، اژدہوں سے پنجا کرنے والے دلیروں کے لیے طاقت سے بھرپور ایک دم بم فولادی ناشتے اسی خیمے میں ملیں گے۔ سمجھے بھائی صاحبو! تکلف نہیں کرنا ہے، یعنی توقف نہیں کرنا ہے۔ بس آ جاؤ۔" رنگ ماسٹر کے اور مہمانوں کے خیمے میں داخل ہوتے ہی اندر کے سب ان کی طرف متوجہ ہو گئے۔

مگر نہیں، "ان کی طرف" زیادہ درست نہیں ہے، کیونکہ سب رنگ ماسٹر اور

عورت ہی کو دیکھ رہے تھے۔ مرد تو جیسے ان کے ساتھ تھا ہی نہیں۔ گٹھے ہوئے بدن والے تین چار بونوں نے منہ میں انگلیاں ڈال کر تیز تیز سیٹیاں ماری تھیں اور "ہاہاہا" کی آواز نکالی تھی۔ رنگ ماسٹر خود کو اس وقت سرکس کے رنگ میں اترا ہوا سمجھ رہا تھا۔ اس نے سیٹیوں کے جواب میں ایک قدم آگے بڑھ کر عورت کو خود سے بھڑا لیا، اس کی کمر میں ہاتھ ڈال کے جھک جھک کر ہاتھ ہلاتے ہوئے کسی بات کی داد وصول کرنے لگا۔ ہجوم میں سے ایک نے چیخ کر کہا، "وا بھئی وا۔۔۔ ماشٹر فلک شیر نے ایمان سے یہ نمبر ون ماشوک گھیرا ہے!" رنگ ماسٹر نے خوش ہو کے ٹھٹھا لگایا اور داد وصول کرتے ہوئے پھر ہاتھ لہرایا۔

عورت کا مرد غصے سے بے قابو ہو گیا۔ اس نے بڑھ کر رنگ ماسٹر کی کلائی پکڑی اور جس ہاتھ سے وہ عورت کو گھیرے ہوئے تھا وہ ہاتھ جھٹکے سے کھینچ کر ہٹا دیا۔ ہجوم نے خوشی کا نعرہ مارا، "واہ!" وہ سب سمجھ رہے تھے اب رقیبوں کی لڑائی شروع ہو گئی۔ مگر انہیں مایوسی ہوئی۔ عورت نے ہنستی ہوئی آنکھوں سے اپنے مرد کو دیکھا اور ہجوم سے چیخ کر کہا، "سنو رے سنو۔ رنگ ماسٹر میرا 'ماشوک' نہیں ہے۔ میرا 'ماشوک' یہ ہے۔" اس نے کمر میں ہاتھ ڈال کے اپنے آدمی کو ہجوم کے سامنے کر دیا۔ پھر ہنستی ہوئی آواز میں چیخ کر کہنے لگی، "ارے وہ رنگ ماسٹر تو میری ماں کا بھائی ہے۔ ماما ہے میرا۔" سمجھو اس میرے 'ماشوک' کا ممیا سسر ہے۔ کچھ سمجھے ممیا سسر کیا ہوتا ہے؟"

ہجوم نے ایک آواز ہو کے کہا، "ہاں، سمجھ گئے۔"

"کیا ہوتا ہے؟" عورت نے پھر ہنستے ہوئے پوچھا۔ دو تین آوازوں نے گا کر کہا، "ماشوک کا سسر ہوتا ہے۔" اور باقی سب تالی بجانے لگے۔ رنگ ماسٹر بے وجہ کھلا پڑتا تھا۔ وہ ہر سمت میں جھک جھک کر اور ٹھک ٹھک کر کے اپنی ایڑیاں بجا رہا تھا جیسے یہ پورا

شو اسی کے لیے ہو رہا ہو۔ اسے بات بات پر داد وصول کرنے کا شوق تھا۔ وہ تینوں اور پکنک باسکٹ کسی میز تک ابھی پہنچے بھی نہ ہوں گے کہ تالیاں بجاتے سرکس والوں نے اپنی میزیں چھوڑ دیں اور انہیں گھیر لیا۔ مرد کا غصہ یا جھونجھل، جو بھی تھی، اب تک ختم ہو چکی تھی۔ سرکس والے کھلے دل کے لوگ لگتے تھے۔ ان کی باتوں سے عورت کی، یا کسی کی بھی، توہین نہیں ہوتی تھی۔ وہ تو اپنی خوش مزاجی اور امنگ میں نئے دن کا استقبال کر رہے تھے۔

رنگ ماسٹر نے میز سنبھالتے ہی سرکس والوں کو دھکے دیتے ہوئے کافی جگہ بنالی اور پکنک باسکٹ اپنی کرسی کے قریب فرش پر رکھ دی۔ اب اس نے کرتب دکھانے کے انداز میں باسکٹ سے ایک ایک چیز نکالنی شروع کی جو وہ اپنی مرضی سے کبھی عورت کے، کبھی مرد کے اور خود اپنے سامنے رکھتا گیا یا واپس باسکٹ کے حوالے کرتا گیا۔ ہر چیز دیکھ کر ہجوم داد دیتا یا تالی بجاتا تھا۔

باسکٹ سے وسکی کی بوتلیں، بیئر کے ٹن، لمبے ڈنٹھلوں والے شیشے کے گلاس، پنیر کے سربند ڈبے، کانٹوں دار تار، ڈبے کھولنے والے کٹر، کاگ اڑانے والے گھومے ہوئے اوپنر، پیچ کش اور دھمکیاں، الٹی میٹم اور بڑھیا بسکٹوں کے ٹن، بٹر پیپر میں لپیٹی روسٹ کی ہوئی سالم مرغی، جھوٹی تسلیاں، دلاسے اور ڈینگیں، کافی پینے کے مگ، کانٹے، چھریاں، اسلحے، پلیٹیں، ٹشو پیپر، وھائٹ پیپر، آٹھ دس نارنگیاں، اتنے ہی سیب، مخمل کے خوب صورت جھولنے میں بند سخت سینکی ہوئی ڈبل روٹی، مکھن لگی روٹی، روٹی لگا مکھن، صرف روٹی اور صرف مکھن، کچھ اور روٹی، شہد کا جار اور وٹامن کی گولیوں کی شیشی۔۔۔بے شمار چیزیں۔ سب نکلی آ رہی تھیں۔ لگتا تھا عمرو عیار کی زنبیل ہے جس سے نعمتیں اور عشرتیں اور دوسری سب چیزیں بس چلی آ رہی ہیں۔

رنگ ماسٹر نے گولیوں کی شیشی اٹھا کر ہاتھ بلند کرتے ہوئے، ہجوم کو "درجہ بہ درجہ" آنکھ ماری اور اپنی اعلانچیوں والی آواز میں عورت اور مرد کو مخاطب کر کے کہا، "اور بھائی صاحبو! یہ ہیں اصلی سلاجیت کی جوہری گولیاں، یہ شیرنی کے دودھ اور کنوارے ریچھ کی کمر سے حاصل کیے ہوئے ایک خاص جوہر میں گوندھ کے تیار کی گئی ٹیبلٹیں ہیں بھائی صاحبو! جو حکیم ارسطاطالیس اصلی کی ایجاد ہیں صاحبو اور موج میلے کی کارکردگی میں سمجھو کہ تیر بہ ہدف ہیں۔ اس لیے۔۔۔" اب وہ باقی ہجوم سے مخاطب تھا، "اسی لیے بھائی صاحبو! یہ گولیاں میں اس معزز جوڑے کو پیش کرتا ہوں۔ اور کیوں نہ پیش کروں کہ اس وقت پورے سرکس گراؤنڈ میں ان دونوں سے زیادہ اس کا حق دار اور کون ہو گا۔۔۔ بتاؤ کون ہو گا؟" ہجوم نے، جو اب ہر طرف سے انہیں گھیر چکا تھا، چیخ کر ایک آواز میں کہا، "کوئی نہیں!"

رنگ ماسٹر نے حکم دیا، "اچھا تو ان کے لیے ایک ایک گلاس سادہ پانی لاؤ۔" پانی آگیا۔ رنگ ماسٹر نے مرد اور عورت کو حکم دیا، "تو بھائی صاحبو! دو دو گولیاں سلاجیت اصلی ممسک قرص جوہری درجہ اول آپ دونوں کھالو۔ فوراً۔۔۔ رام بھلی کرے گا۔" عورت نے انکار کر دیا۔ مرد نے ہاتھ بڑھا کر شیشی اٹھالی۔ اس پر لکھا ہوا پڑھا۔ عام سی وٹامن بی کمپلیکس کی گولیاں تھیں۔ اس نے دو نکالیں اور پانی سے نگل لیں۔ رنگ ماسٹر سمیت ہجوم نے، "ہا آ۔۔۔ شیر کا بچہ ہے!" کہہ کر تالی بجائی۔ مرد اٹھا، تعظیم کو جھکا اور اس نے داد وصول کی۔ وہ بھی ان کے رنگ میں رنگتا جا رہا تھا۔

اسے دیکھ کر عورت بھی اٹھی۔ اس نے بھی دو "ممسک جوہری" گولیاں نکالیں، ہتھیلی پر رکھ کر پورے حلقے کو دکھائیں۔ حلقے سے پسندیدگی کی گونج سنائی دی۔

"ہا آ آں!"

عورت نے پہلے ایک، پھر دوسری گولی پانی سے نگلی اور وہ اپنے مرد کی طرح داد وصول کرنے کو جھکی، اپنی فراک کا گھیرا تھام کر، دونوں گھٹنے خم کر کے اس نے ہجوم کو تعظیم دی۔

"ہا آ۔ شیر کی بچی ہے ماشوک! شیر کی بچی ہے۔" اور ہجوم نے تالیاں بجانی شروع کر دیں۔ دو بونے میزوں کے بیچ خالی جگہ میں ایک دوسرے کے پنجوں میں پنجے پھنسا کر گھمن گھیری ناچنے لگے۔ رنگ ماسٹر اور مہمان عورت مرد نے بھی تال دینی شروع کر دی۔ جو ہجوم انھیں گھیرے ہوئے تھا وہ اب گھمن گھیری ناچتے بونوں کی طرف گھوم گیا اور بڑے جوش سے تال دے دے کر کچھ گانے لگا، اس لیے تینوں اس تال دیتے گاتے ہجوم میں شامل ہو گئے۔ ان کی مرکزی حیثیت ختم ہو چکی تھی۔۔۔ اسپاٹ لائٹ سمجھو اب ان بونوں پر تھی۔

"تری درادا۔ تری دادا۔ تاناتانا، تن تنانا۔ او تری درادا۔ تری دادا۔" نہ معلوم کیا گیت تھا۔ وہ جوڑا بھی سب کے ساتھ چیخ چیخ کر "تری درادا" کرنے لگا۔ کوئی پانچ سات منٹ یہ ناچ، تالیاں اور "تری دادا" چلتا رہا۔ پھر جس طرح اچانک بونوں نے ناچنا شروع کیا تھا، ایک دم ہی انہوں نے بند کر دیا۔ دونوں ہنستے اور ایک دوسرے کی پیٹھ تھپکتے ہوئے دائرہ توڑ کر ایک طرف نکل گئے اور کرسیاں کھینچ کر بیٹھ گئے۔ ہجوم چھٹ گیا۔ سب اپنی میزوں پر چلے گئے۔ عورت اور مرد کو لیے ہوئے رنگ ماسٹر اپنی میز کی طرف بڑھا اور۔۔۔ ٹھٹک کر وہیں کھڑا رہ گیا۔

رنگ ماسٹر کی میز پر شیر کی کھال سے بنا کوسٹیوم پہنے، گل مچھوں والا ایک لمبا تڑنگا، چوڑا چکلا اور ادھ ننگا باڈی بلڈر بیٹھا پر شور طریقے سے رنگ ماسٹر کے سیب کھا رہا تھا۔۔۔ کھا نہیں رہا تھا چرا رہا تھا۔ باڈی بلڈر کے دونوں ہاتھوں میں ایک ایک سیب تھا اور وہ اپنے

مضبوط سفید دانتوں سے کبھی ایک سیب کو، کبھی دوسرے کو پھنساتا اور سر کا جھٹکا دے کر جیسے اکھاڑتا تھا، پھر خچر کی طرح منھ چلاتے ہوئے چبانے لگتا تھا۔ سیبوں کے رس سے گل مچھوں سمیت اس کا نچلا آدھا چہرہ چمک رہا تھا اور پھل کے چھوٹے چھوٹے ٹکڑے اس کی ہتھوڑے جیسے ٹھوڑی اور بالوں بھرے سینے پر گر رہے تھے۔

"سڑلپ سڑلپ" کی آوازیں سن کے اب دوسرے بھی ادھر دیکھنے لگے تھے۔ رنگ ماسٹر کو سامنے پاکر بھرے منھ کے ساتھ باڈی بلڈر "ہو ہو ہو" کر کے ہنسا۔ مرد پریشان ہو کر کبھی اسے کبھی رنگ ماسٹر کو دیکھنے لگا۔ رنگ ماسٹر غصے میں کانپنے لگا تھا۔ باڈی بلڈر بھونڈی آواز میں ہنستے ہوئے بولا، "کیا سوچ رہا ہے؟ آ۔۔۔ مار مجھے۔۔۔!آ!" عورت اور مرد نے سوچا، "کیسی اچھی صبح طلوع ہونے والی تھی۔ اب سب کچھ برباد ہو گیا ہے کیوں کہ ماحول میں غصہ ہے اور سب کے ساتھ کہیں کوئی دھاندلی کی جا رہی ہے۔" رنگ ماسٹر نے سر جھٹک کر پیشانی پر ہاتھ پھیرا۔۔۔ بالکل اس طرح جیسے کوئی نیند کے جھونکے سے پیچھا چھڑانا چاہ رہا ہو۔ باڈی بلڈر نے ہنستے ہوئے اسے پھر للکارا، "آ۔۔۔ مار!" رنگ ماسٹر عورت کی طرف گھوم گیا۔ دھیرے سے بولا، "تم دونوں ایک منٹ کے لیے ذرا باہر جاؤ۔" خیمے میں سناٹا ہو گیا۔

عورت نے رنگ ماسٹر کے شانے پر ہاتھ رکھا تو وہ ایک بار ایسے تھرایا جیسے بجلی کا زندہ تار اسے چھو گیا ہو۔ وہ پہلے کی طرح دھیرے سے کہنے لگا، "نہیں بی بی! مجھے چھونا مت۔۔۔ اب ہاتھ نہیں لگانا۔ بالکل نہیں۔" عورت کو اندازہ نہیں تھا۔ اس نے، "اب ایسا بھی کیا" کہہ کے رنگ ماسٹر کی پیٹھ تھپکنا چاہی تھی کہ وہ منھ اٹھا کے پوری طاقت سے چیخا، "ہا آ آ آہ!" پھر اس نے جھپٹ کر قریب پڑی کرسی اٹھائی اور باڈی بلڈر کے سر پر چلا دی۔ مرد نے دل میں سوچا، "یہ گیا شیر کی کھال والا گل مچھڑ۔۔۔ اب نہیں بچتا۔" مگر

باڈی بلڈر نے بیٹھے ہی بیٹھے ہاتھ اٹھایا اور بازو کے پر گوشت حصے پر یہ وار روک لیا۔ کرسی ٹوٹ کے گر گئی۔ مرد نے اپنی عورت کو بانہہ سے پکڑا اور کھینچتا ہوا اسے خیمے سے باہر لے گیا۔

جاتے ہوئے اس نے سنا اندر سے ایسی آوازیں آئی تھیں جیسے سانڈ پھنکارتے ہوئے ایک دوسرے پر جھپٹ رہے ہوں۔ خیمے میں بھرے ہوئے لوگوں نے "نانانا" کہتے ہوئے کسی کو باز رکھنے کے لیے ایک ساتھ شور مچانا شروع کر دیا تھا۔ وہ دونوں خیمے سے نکل کر دو قدم ہی چلے ہوں گے کہ اندر "پھٹ" کی سی آواز ہوئی۔ لگتا تھا چھوٹے بور کا فائر آم چلایا گیا ہے۔ کسی کے دھم سے گرنے کی بھی آواز آئی تھی۔

مرد واپس اندر جھپٹا۔ عورت اس کے پیچھے تھی۔ رنگ ماسٹر اپنی میز کے قریب ہاتھ میں پیتل کا چھوٹا سا جیبی پستول کے لیے کھڑا تھا۔ پستول کی نال سے ابھی تک دھواں نکل رہا تھا اور باڈی بلڈر کی کرسی الٹی پڑی تھی۔ برابر سے ایک بونا، مار دیا رے مار دیا، آسو بلے کو مار دیا، چلاتا ہوا باہر بھاگا۔ کوئی اور اسے روکتا ہوا پیچھے چلا تھا مگر بونا بہت تیز دوڑ رہا تھا۔

عورت مرد نے فرش پر گرے ہوئے باڈی بلڈر کو دیکھا۔ وہ ٹوٹی کرسیوں کے ملبے میں پڑا اپنا دایاں شانہ سختی سے دبائے اٹھنے کی کوشش کر رہا تھا۔ اس کی انگلیاں خون میں بھیگی جا رہی تھیں۔ آسو بلا (بونے نے اس کا یہی نام لیا تھا) مرا نہیں تھا۔ وہ اٹھ کر بیٹھنے میں کامیاب ہو گیا تھا اور اب تک منہ چلا رہا تھا۔ "ہوہو" کر کے ہنستے ہوئے اس نے منہ میں بھرے سیب کے ٹکڑے اور لگدی فرش پر گرا دی اور بولا، "پشتول چلاتا ہے۔۔۔ حرامی!" رنگ ماسٹر نے اسے مارنے کو ایک اور کرسی اٹھالی۔۔۔ اس کے دیسی پستول سے شاید ایک ہی فائر ہو سکتا تھا۔

مرد رنگ ماسٹر کو حملے سے روکنے کے لیے بڑھ رہا تھا کہ خیمے کے لوگوں اور بونوں

نے چیخ کر کہا، "نہیں بھائی۔ قریب مت جانا۔ بالکل مت جانا۔" مرد سوچنے لگا، "ارے! رنگ ماسٹر نے زخمی آسو کو مارنے کے لیے کرسی اٹھائی ہے۔ یہ کیسے لوگ ہیں، مجھے آگے آنے سے روک رہے ہیں۔ مگر اس نے کنکھیوں سے دیکھا کہ وہ سب کے سب ایک جتھے کی صورت میں رنگ ماسٹر کو گھیرتے جارہے تھے۔ ہر ایک نے ایک ایک کرسی اٹھار کھی تھی۔ ہر کرسی کی ٹانگیں کسی چار انگلیوں والے پنجے کی طرح رنگ ماسٹر کی طرف اٹھی ہوئی تھیں۔ وہ گھیر اڈال چکے تب ماسٹر کو اندازہ ہوا کہ وہ گھر گیا ہے۔ اس نے دیکھا اور حملے کے لیے اٹھائی ہوئی اپنی کرسی فرش پر رکھ دی اور اسی پر بیٹھ گیا۔ پھر سر جھکا کر اپنے جوتوں کے درمیان فرش کو گھورنے لگا۔ اب وہ ایک پر سکون اور فکر مند آدمی تھا۔

عورت مرد نے سرکسوں میں کٹیلے جانوروں کو کرسی کے بڑھتے ہوئے پنجوں سے قابو میں آتے دیکھا تھا۔ یہ پہلا موقع تھا کہ ان کے سامنے ایک انسان۔۔۔ خود کٹیلوں کا تماشا دکھانے والا رنگ ماسٹر۔۔۔ کرسی سے قابو میں آگیا تھا۔ ایک بار پھر خیمے میں سناٹا ہو گیا۔ ایک چھوٹی سی آواز نے، کسی بچے کی آواز نے اچانک سوال کیا، "یہاں کیا ہو رہا ہے؟" عورت مرد گھوم گئے۔ خیمے کے دروازے میں ایک لڑکی آکھڑی ہوئی تھی۔۔۔ آٹھ نو برس کی بچی۔ اس نے اپنی چھوٹی سی تجسس بھری آواز میں پھر پوچھا، "جانم! کیا ہوا تھا ابھی؟" اس نے یہ سوال رنگ ماسٹر سے کیا تھا۔

"کچھ نہیں، ڈارلنگ!۔۔۔ تم کیوں آگئیں؟ جاؤ۔۔۔ سو جاؤ۔" رنگ ماسٹر نے جس طرح کہا تھا اس سے انہیں شک سا ہوا۔ دونوں نے پھر دیکھا۔ اب کے غور سے دیکھا۔ وہ بچی نہیں، عورت تھی، پوری عورت۔۔۔ وہ بونی تھی۔ بونی نے پوچھا، "جانم! یہ ایسا کیوں بیٹھا ہے؟" وہ آسو بلے کی طرف اشارہ کر رہی تھی، "کیا ہو گیا اس کو؟ کیسے چوٹ لگ گئی؟" عورت نے سوچا، "جھوٹ بول رہی ہے۔ یہ خوب جانتی ہے کیا ہوا ہے۔" بونی کو

خبر کرنے والا بونا اس کے پیچھے خیمے میں آ گیا تھا۔

"کیا ہوا اسے؟" اس نے پھر پوچھا۔

"کیا خبر۔" رنگ ماسٹر نے پھر سر جھکا کر فرش کو گھورنا شروع کر دیا تھا۔ آسو بلا کبھی بونی کو کبھی رنگ ماسٹر کو گھما گھما کے دیکھتا رہا تھا۔ اب جو رنگ ماسٹر نے "کیا خبر" کہہ کے سر جھکا لیا تو آسو فرش پر سے اچانک اٹھ کھڑا ہوا اور شکایت کے لہجے میں بولا، "بیلا جی! بیلا جی! اس نے پشتول مارا ہے۔۔۔ حرامی نے۔"

خوب! تو رنگ ماسٹر کی رکھیل بیلا جی یہ ہے۔۔۔ بونی۔

آسو کی بھدی آواز میں ماسٹر کے لیے گالی سن کر بیلا جی کی تیوریاں چڑھ گئی تھیں۔ بلے کی طرف دیکھے بغیر اس نے منہ بگاڑ کر کہا، "بک بک نہیں کر!" اور خاموش بیٹھے ہجوم میں سے ایک کو انگلی کے اشارے سے بلایا، "او سن، ادھر آ۔۔۔ ہاں تجھی سے کہہ رہی ہوں۔ لے جا اس سالے کو۔۔۔ کمپوڈر اٹھ گیا ہو گا۔۔۔ اس کی پٹی کرا دینا۔" ہجوم سے جو نکل کے آیا وہ بھی بونا تھا۔ وہ بھنبھناتے ہوئے شکایت آمیز لہجے میں بولا، "ابھی کدھر اٹھا ہووے گا کمپوڈر۔ رات پوری باٹلی ٹکا کے گیا تھا۔"

"جا جا، سالا بالشٹر! ادھر ہی جرح کرنے لگا ہے حرام کا! اب جاتا ہے یا پچھالے پہ ٹھڈا کھائے گا۔ گاں۔۔۔!"

رنگ ماسٹر ٹھیک کہتا تھا، بیلا جی کچی نیند سے اٹھا دی گئی تھی۔۔۔ اب یہ دن بھر گندی گندی گالیاں بکے گی۔ گالی کھا کے بونا زخمی آسو کے پاس گیا اور ہاتھ پکڑ کر اسے خیمے سے باہر لے چلا۔ لگتا تھا کرکٹ کے بیٹ کو اس کی بال کھینچے لیے جا رہی ہے۔ جوں ہی آسو اور بونا خیمے سے نکلے، بونی بیلا جی حلق سے لاڈ کی آوازیں نکالتی، رنگ ماسٹر کے جوتوں پر پیر رکھتی، اچھل کر اس کی گود میں جا بیٹھی، "ارے میرا فلک شیر! پھلکو میرا۔۔۔ کیا

بات ہو گئی ڈارلنگ۔۔۔؟ تجھے کیوں غصہ آگیا؟ آں؟ میری جان! پستول کائی کو چلایا تو نے اس۔۔۔ اس پونے پہ کائی کو چلایا پستول؟"

بونی رنگ ماسٹر کے بڑھے ہوئے شیو پر اپنے رخسار رگڑنے لگی اور پچ پچ کی آوازیں نکالتی ہوئی کچھ یوں ظاہر کرنے لگی جیسے وہ اس کے بوسے لے رہی ہے، یا لینا چاہتی ہے مگر حاضرین کی وجہ سے جھجکتی ہے۔ رنگ ماسٹر اس کی پہنچ سے دور ہونے کو اپنا چہرہ دائیں بائیں ہٹا کر اسے روکتا رہا، "ناڈارلنگ! نا بیلا! اری بات تو سن۔" مگر بیلا جی کا لاڈ اور نقلی چوما چاٹی چلتی رہی اور بار بار وہی سوال کہ کیا بات ہوگئی؟ کیوں غصہ آگیا؟ پستول کائی کو چلایا؟ رنگ ماسٹر نے بیلا جی کی غیر معمولی توجہ سے بچنے کو شاید ایک بار منھ کھول کر بتا دینا چاہا بھی مگر پھر "ہاں، وہ، یہ" کہہ کر چپ ہو گیا۔

"بتانا، کیا بات ہو گئی جانم؟" بیلا جی اب اپنے پھلکو فلک شیر کی گود میں کھڑی ہو گئی، اس کے کھلے گریبان میں دور تک اپنا انگوٹھیوں بھرا ہاتھ ڈال دیا اور اندر ہی اندر رنگ ماسٹر کا ادھیڑ سینہ تھپتھپانے لگی۔ اسے گدگدی ہو رہی تھی یا کوئی اور بات ہو گی جو وہ سرخ ہو گیا اور گھگھیانے لگا، "بس کر۔ ذرا ٹھیر تو۔ اری دیکھ تو سب ہیں۔۔۔ بھلا یہ کون سا وقت ہے؟ بیلا! او بیلا جی! نہیں سنے گی؟"

بونی بیلا جی مم مم کرتی ہوئی جیسے خود بھی اپنی مصروفیت میں مگن ہو رہی تھی کہ فلک شیر دلاور نے ہتھیار ڈال دیے اور منھ سے رال گراتے ہوئے بولا، "سن بتاتا ہوں۔۔۔ بتاتا ہوں۔ اس نے۔۔۔ اس نے سالے نے میرے سیب کھا لیے تھے۔۔۔ اس لیے، اس لیے گولی ماری ہے۔ چل ہاتھ نکال۔۔۔ اتر!" بیلا جی بہت فتح مند اور مسرور اپنے فلک شیر ڈارلنگ کی گود سے اتر آئی۔ اس نے خیمے میں موجود لوگوں اور بونوں کی طرف جیتی ہوئی عورت کے غرور سے دیکھا اور حکم دیا، "پھلکو کی باسکٹ میں اس کی سب

چیزیں واپس رکھ دو۔"

خیمے میں موجود لوگ، حد یہ ہے کہ بونے تک بے تعلقی اور بیزاری بلکہ ایک دھیمی نفرت سے یہ سب کچھ دیکھتے رہے تھے۔ ان میں سے کسی نے بیلا جی کی بات پر توجہ نہ دی۔ عورت مرد دیکھ رہے تھے کہ بعض بونوں تک نے جماہیاں لی تھیں۔

"تمہاری بھیں کا یہ، کا وہ۔۔۔ سنا نہیں، میں نے کیا کہا ہے؟" بونی نے منھ بگاڑ بگاڑ کے گالی گفتار بکنی شروع کر دی تھی۔ عورت نے حیرت سے اپنے مرد کو دیکھا۔ دھیرے سے بولی، "اس چھوٹی ڈبیا سی عورت میں کتنا گند بھرا ہے!" مرد کچھ نہ بولا۔ اسے بھوک لگنی شروع ہو گئی تھی۔۔۔ صبح تڑکے سے بلکہ آخری پہر کے اندھیرے سے اب تک انہوں نے بڑی دیوانگی کے ساتھ وقت گزارا تھا۔ رات جاگتے ہوئے کٹی تھی۔ بھوک تو لگنا ہی تھی۔ بیلا جی کی گالی گفتار سن کے سبھی بونے جلدی جلدی رنگ ماسٹر کا سامان اس کی باسکٹ میں بھرنے لگے تھے۔

بونی نے اب عورت مرد کی طرف توجہ کی۔ ایسا لگتا تھا دونوں پر اس کی نظر پہلے نہ پڑی ہو گی۔ اس نے ایک بار مرد کو دیکھا، منہ بنایا، پھر عورت کو دیکھا تو اس کی آنکھیں چمکنے لگیں۔ جھک کر اس نے رنگ ماسٹر کے کان میں کچھ کہا۔ اس نے بہت سختی سے انکار میں سر ہلایا، دبی ہوئی آواز میں بولا، "تو پاگل ہو گئی ہے! اری وہ میاں بیوی ہیں۔" بیلا جی رنگ ماسٹر کی کرسی کے پیچھے کھڑی تھی، اب وہ اس کے برابر آ گئی۔ وہ جھکی ہوئی برابر اس کے کچھ کہے جا رہی تھی۔

رنگ ماسٹر ایک دم کرسی سے اٹھ کھڑا ہوا۔ بیلا جی گرتے گرتے بچی، کھسیا گئی، مگر اس نے ڈپٹ کر بہت غصے سے مرد کو دیکھا اور بولی، "اورے او۔۔۔ کیا دیکھتا ہے؟ کون ہے تو؟ کدھر سے آیا ہے۔۔۔ سالا پرورٹ!" وہ نہ معلوم کیوں اسے یہ عجیب طعنہ دے

رہی تھی۔ مرد کے جواب دینے سے پہلے رنگ ماسٹر بول اٹھا، "مہمان ہیں میرے۔۔۔ ان سے کیا پوچھ رہی ہے؟ بتایانا، میرے ساتھ آئے ہیں دونوں۔" بونی نے فلک شیر کی کہی بات ان سنی کر دی، اسی گندے لہجے میں مرد سے پوچھنے لگی، "اورے او۔۔۔ یہ رنڈی کون ہے تیری۔۔۔؟ماں ہے؟"

اب مرد کے کچھ کہنے سے پہلے اس کی عورت آواز بنا کے ہنسی، بولی، "اری او پاگل! کیسی بھلکڑ ہے۔۔۔ کیا پھر بھول گئی؟ اری اس کی نہیں میں تیری میا ہوں۔ نایکہ ہوں ادھر کی۔۔۔ آٹھ آٹھ آنے لے کے میں ہی تو چھوڑتی جاتی ہوں۔۔۔ پورے کا آٹھ آنہ، بونے کا چار آنہ، پونے کا ایک آنہ۔۔۔ یاد آیا؟"

رنگ ماسٹر کا منھ تھتھا ہوا تھا لیکن عورت کی بات سن کے اس نے چہرہ اٹھا کے ایک زبردست قہقہہ لگایا، پھر پیٹ پکڑ کے ہنسنے لگا اور ہنستے ہنستے بولا، "آج ملی ہے یہ تیرے سر کی استاد۔۔۔ شاباشے۔۔۔ ہاہاہا۔۔۔ یہ ملی ہے۔"

بیلا جی کرسی کے پیچھے سے غصہ ور نیولے کی طرح خی خی کی آواز نکالتی ہوئی جھپٹی اور اس نے بہ یک وقت عورت کی طرف گک چلایا اور مرد کے پیٹ میں گھونسا مارا۔ عورت اس کے لیے تیار تھی۔ اس نے اپنی طرف آتے گک کو ہاتھ بڑھا کر ذرا اوپر اٹھا دیا۔ بونی کا توازن بگڑ گیا اور وہ گر گئی۔ مرد کی طرف چلایا ہوا اس کا گھونسا اوچھا پڑا۔۔۔ ذرا سا نیچے۔ مارے تکلیف کے وہ دہرا ہو گیا۔ بیلا جی بونی فرش پر پڑی ہوئی اسے۔۔۔ مرد کو، خدا معلوم مرد ہی کو کیوں۔۔۔ طرح طرح کی گالیاں دے رہی تھی، "تیری ماں کو بھیں کے یاں کا واں۔۔۔ حرامی سالا نامردا، گینگلو کی اولاد، سور دلا کدھر کا۔۔۔"

رنگ ماسٹر فلک شیر نے ہنسی سے بے حال ہوتے ہوئے بھی جھک کر فرش پر پیچ و تاب کھاتی بونی کو اس کی کمر کے گرد بازو ڈال کر چھوٹے مچلتے ہوئے بنڈل کی طرح اٹھایا

اور بغل میں مار خیمے سے نکل گیا۔ وہ بری طرح ہاتھ پیر چلا رہی تھی۔ تین بونوں نے رنگ ماسٹر کی پکنک باسکٹ اٹھائی اور مشقت کی آوازیں نکالتے وہ بھی پیچھے چل پڑے۔ دور سے بیلا جی کی چیختی چنچناتی آواز آ رہی تھی، "ان دونوں سالوں کی بھیں کا یہ، کا وہ، دلا سالا فش ٹولا۔۔۔ اور وہ سالی رانڈ۔۔۔" عورت نے تھکی ہوئی بیزار خوش مزاجی سے ہاتھ جھاڑ کر کہا، "گئی سسری۔۔۔ جان چھوٹی۔"

"مگر وہ تو کھانے کی سب چیزیں لے گئے ہیں۔ اب کیا ہو گا۔" عورت نے لاعلمی میں کندھے اچکائے۔ پیچھے سے کسی نے دھیمی گمبھیر آواز میں کہا، "میرے ساتھ آؤ، ناشتا کرا دوں گا۔" عورت مرد نے مڑ کے دیکھا۔ نیلا اوور آل پہنے، ٹول بکس اٹھائے ایک سنجیدہ چہرے والا عرب، ایرانی یا شاید پاکستانی جیب میں ہاتھ ڈالے سکون سے کھڑا تھا اور انہیں ساتھ آنے کو کہتا تھا۔ اس نے مصافحے کے لیے ہاتھ بڑھایا، "میرا نام بادل ہے۔ ادھر الیکٹریشین لگا ہوا ہوں۔" مرد نے ہاتھ ملاتے ہوئے محسوس کیا کہ اس کے ہاتھ کے لمس میں محنتی آدمی کا کھردراپن اور بے غرضی تھی۔

"تم پاکستانی ہو؟" مرد نے بادل سے پوچھا۔

"پتا نہیں۔۔۔ میں اور والد صاحب مسقط میں پیدا ہوئے تھے۔۔۔ دادا صاحب بلوچستان سے گیا تھا۔" بادل انہیں لیے ہوئے میزوں کے درمیان راستہ بناتا خیمے کے پچھلے حصے کی طرف چلا۔

میزوں کے گرد بیٹھے ہوئے لوگ اب اپنے مگوں، گلاسوں اور پیالوں میں جھکے ہوئے چائے، کافی جیسا کچھ پینے لگے تھے۔ عورت مرد نے دیکھا ان کے مگ اور گلاس جھڑی ہوئی تام چینی اور پتلے المونیم کے تھے۔ پیالیاں، کوریں، کونڈے، جھڑی اور بے جوڑ تھیں۔ تام چینی کی کالونچ لگی رکابیوں اور اردو کے پرانے پیلے پڑے اخباروں پر بھورے

بدرنگ آٹے کی گیندیں سی رکھی تھیں اور بہت سے پکے زرد کھیرے، چیرا دیے ہوئے اور نمک مرچ لگے، کھری میز پر پڑے لڑھک رہے تھے۔ کوئی کوئی ورکر بے دلی سے آٹے کی ان بھوری گیندوں کو اٹھا اٹھا کے کتر لیتا تھا۔۔۔ کھیروں کو تو ان کے دیکھتے کسی نے چھوا بھی نہیں۔

وہ دونوں اور بادل بڑے روشن خیمے کو چھوڑ کر باورچیوں کی چھولداری میں آ گئے۔ یہاں چینیوں جیسی مہربان صورتوں کے آدمی عارضی چولہوں پر کچھ پکاتے تھے یا گرم کر رہے تھے۔ وہ کچھ بولے تو معلوم ہوا، شکلیں بے شک چینیوں جیسی ہیں مگر وہ چینی نہیں ہیں۔ بادل نے دھیرج سے سمجھاتے ہوئے ان سے کچھ کہا تھا۔ وہ لوگ اس مرد اور اس عورت کے بارے میں بات کر رہے ہوں گے کیوں کہ ان میں سے کوئی بھی عورت مرد سے آنکھ نہیں ملا رہا تھا۔ کچھ بحثا بحثی کے بعد چینی دکھائی دینے والوں میں سے ایک نے ہاں میں سر ہلایا اور اپنے ایک ساتھی کو اشارہ کیا۔ وہ کہیں سے تین فولڈنگ کرسیاں اٹھا لایا جو اس نے ایک صندوق کے پاس بچھا دیں۔ صندوق ایک طرح کی میز بن گیا۔

بادل اور عورت مرد بیٹھ چکے تو باورچیوں میں سے ایک بڑے خیمے کی طرف کھلنے والے دروازے میں اسٹول ڈال کے، رستہ روک کے بیٹھ گیا۔ اسے ڈر ہو گا کہ کہیں ادھر سے کوئی اور نہ آ جائے۔ دوسرے باورچی ان کے لیے ناشتا تیار کرنے لگے۔ بادل نے بتایا، "دیگوں والی چائے بے کار ہے۔ یہ نئی چائے بنا کے دیں گے۔" مرد نے دھیرے سے کہا، "مہربانی ہے تمہاری۔" وہ بولا، "مگر ادھر ہمارا کوئی عمل دخل نہیں ہے دوست۔ یہ لانگری لوگ ویسا ہی طبیعت کا اچھا ہے۔" باورچیوں نے آلو ابالنے کو چڑھا دیے۔

بادل آہستہ آہستہ باتیں کرتا ہوا اس ناکافی ناشتے کی پیشگی معذرت کرنے لگا جو ابھی ان دونوں کے سامنے لایا بھی نہیں گیا تھا۔ مگر مرد نے کہا کہ بھائی محبت سے جو بھی مل

جائے گا نعمتوں سے بڑھ کے ہو گا۔ بادل بولا، "دوست ادھر بڑا اکڑ کی ہے۔" بتانے لگا کہ ویسے تو سرکس چل ہی نہیں رہا اور جو تھوڑا بہت آتا ہے تو وہی تینوں "مردار" آپس میں بانٹ لیتے ہیں۔ ورکروں کو وعدے وعید کے سوا دیتے ہی کچھ نہیں۔ بے زبان جانوروں کو بھوکا مار رکھا ہے۔۔۔ سب کو بس آدھے پیٹ ملتا ہے۔ مرد نے سوچا، تینوں سے وہی تینوں مراد ہوں گے، رنگ ماسٹر، باڈی بلڈر اور بیلا بونی۔ اخباروں پر پڑی آٹے کی گیندیں اور پکے پیلے کھیرے دیکھ کر اسے پہلے ہی حیرت ہوئی تھی۔ یہ وہ ناشتا تھا جسے رنگ ماسٹر "طاقت سے بھرپور ایک دم بم فولادی ناشتا" بتا رہا تھا!

اس نے پوچھا، "جب کچھ ملتا ہی نہیں ہے تو تم سب لوگ سرکس کا پیچھا کیوں نہیں چھوڑ دیتے؟" بادل بولا، "کدھر جاوے؟ سب لوگ کا شناختی پرچی سرکس کے ساتھ ہے۔ ویسے بھی باہر کے حساب سے دم، لیاقت کوئی نہیں ہے۔ نہیں کام ملے گا، نہیں کوئی کدھری گھسنے دیں گا۔" مرد کو بونی اور رنگ ماسٹر کی سنگت یاد آئی۔ اس نے ویسے ہی، کچھ نہ کچھ کہنے کو، کہہ دیا کہ وہ دو ایک طرف ہیں اور باڈی بلڈر ایک طرف، میرے تو خیال میں وہ کچھ دبا ہوا ہے اور خطرے میں ہے۔ رنگ ماسٹر کے پستول سے ابھی مرتے مرتے بچا ہے۔ تم اس کا ساتھ کیوں نہیں دیتے۔ تمہارا ابھی فائدہ ہے۔

بادل یہ سب سن کے ہنسا، کہنے لگا، "آسو بلا بھی ایک حرامی ہے۔ انہی کا آدمی ہے۔ آپ کیا سمجھتے ہو؟ وہ جو آسو کو دھتکارتی تھی، وہ کیا تھا۔۔۔؟ بھئی سب ناٹک تھا۔ اصل پوچھو تو وہ آسو ہی کا عورت ہے۔ رنگ ماسٹر کو تو بس ابھی پھنسا رکھا ہے۔ یا پھر سمجھو کسی کی بھی نہیں ہے۔ ابھی تھوڑی دیر کو فلک شیر کے خیمے میں گئی ہے۔ ادھر سے اپنی تسلی کرا کے بلے کے ٹینٹ میں جا کے پڑ جائے گی۔ چوما چاٹی کر کے اس مردار کو منائے گی۔ کمپوڈر کو ٹھڈے مار مار کے بلے کے بازو پر ایک دم نئی بینڈیج لگوائے گی۔ بھلے ہی اسے بخار

ہووے نہیں ہووے، سرپے ٹھنڈے پانی کی پٹی رکھے گی۔ پھر شام تک ادھری پڑی سوتی رہے گی۔"

مرد نے کہا، "خوب!"

"شام کے بعد شو چلے گا۔ شو کے پیچھے وہ فلک شیر کے خیمے میں جاسوئے گی۔ سب کو پتا ہے۔ آسو کے گولی پڑنے کی خبر لے کے بونا بھاگا بھاگا ادھر ہی گیا تھا۔"

"عجیب بات ہے!"

بادل بولا، "بس ایسا ہی انتظام ہے۔"

"انتظام" کا لفظ کہتے ہوئے اس نے کراہت ظاہر کی تھی۔

"یہ بتاؤ، اب جو گولی چلی ہے اور بلا زخمی ہو گیا ہے تو رنگ ماسٹر کے اور اس کے بیچ دشمنی نہیں ہو گئی؟"

"ہاں برابر ہو گئی۔ مگر یہ سب وقتی دشمنی ہے۔"

مرد نے دھیرے سے کہا، "عورت پہ ان کی دشمنی نہیں ہوتی۔۔۔ سیبوں پہ ہو گئی؟"

"عورت؟ کیسا عورت۔۔۔؟ وہ عورت مورت نہیں ہے۔ پاٹنر ہے بھئی، ہم نے بولا ہے نہیں۔ سب چیز میں وہ بھی حصہ بٹاتی ہے۔ پھر یہ بھی ہے ان لوگ کا دوستی دشمنی سب ٹائم ٹائم سے ہوتا ہے۔ مرتا کوئی نہیں۔ بھاگتا کوئی نہیں۔ ہر بار سیزن کے شو ختم ہونے پہ یہ لوگ یار دوست بن جاتا ہے، حصہ بخرا کرتا ہے۔ ہم لوگ کو تسلی دیتا ہے، بولتا ہے انتظار کرو، بونی اپنی کہتی ہے۔ باڈی بلڈر اپنی کہتا ہے۔ وہ بولتا ہے میں رنگ ماسٹر کی کمر توڑ دوں گا، بس دیکھتے رہو۔ فلک شیر کہتا ہے، آسو بلے کو زندہ نہیں رہنے دینا ہے۔ دوست! ابھی یہ بھی ہو سکتا ہے بلے کے ٹینٹ میں اس وقت وہ خود بھی بیٹھا ہووے۔

تین گلاس سامنے رکھے، بوتل کھولے لگا پڑا ہو یا پھر کھڑے ہو ہو کے ٹھک ٹھک ایڑی بجا بجا کے بلے کا اور بونی کا گلاس بھرتا ہووے یا آنکھ مار مار کے ٹھٹھے لگاتا ہووے۔۔۔ ان لوگ کا ہمیشہ سے ایسا ہی ہے۔"

مرد اور کیا کہتا، اس نے کہا، "ان کو مار کے نکالو۔ سرکس تو تمہی لوگ چلاتے ہو۔ بس، چلاتے رہو۔"

بادل بلوچی نے کوئی جواب نہ دیا۔ اسے اپنی سنجیدہ آنکھوں سے دیکھنے لگا۔ جنریٹروں کی آوازیں آنی بند ہو گئی تھیں۔ لگتا تھا باہر دن نکل آیا ہے۔ مگر یہ کون بتاتا کہ نکلا بھی ہے کہ نہیں۔۔۔ سبھی تو اندر تھے۔

***

٦

باسودے کی مریم

مریم کے خیال میں ساری دنیا میں بس تین ہی شہر تھے۔ مکہ، مدینہ اور گنج باسودہ۔ مگر یہ تین تو ہمارا آپ کا حساب ہے، مریم کے حساب سے مکہ، مدینہ ایک ہی شہر تھا۔ "اپنے حجور کا شہر۔" مکے مدینے سریپ میں ان کے حجور تھے اور گنج باسودے میں اُن کا ممدو۔

ممدو اُن کا چھوٹا بیٹا تھا۔ اس کے رخسار پر "اِتّابڑا" ناسور تھا۔ بعد میں ڈاکٹروں نے ناسور کاٹ پیٹ کر رخسار میں ایک کھڑکی بنادی تھی جس میں سے ممدو کی زبان پانی سے نکلی ہوئی مچھلی کی طرح تڑپتی رہتی تھی۔ مجھے یاد ہے پہلی بار مریم نے اماں کو سرجری کا یہ لطیفہ سنایا تو میں کھی کھی کر کے ہنسنے لگا تھا۔ اگر مریم اپنے کھردرے ہاتھوں سے کھینچ کھانچ کے مجھے اپنی گود میں نہ بھر لیتیں تو میری وہ پٹائی ہوتی کہ رہے نام اللہ کا۔ "اے دلھین! بچہ ہے۔ بچہ ہے ری دلھین! بچہ ہے۔" مگر اماں نے غُصّے میں دو چار ہاتھ جڑ ہی دیے جو مریم نے اپنے ہاتھوں پر روکے اور مجھے اُٹھا کر اپنی کوٹھری میں قلعہ بند ہو گئیں۔ میں مریم کے اندھیرے قلعے میں بڑی دیر تک ٹھس ٹھس کر کے روتا رہا۔ وہ اپنے اور میرے آنسو پونچھتی جاتی تھیں اور چیخ چیخ کر خفا ہو رہی تھیں۔ "اے ری دلھین، یہ اللہ کی دین ہیں۔۔۔ نبی صلی اللہ علیہ وسلم کے اُمتّی ہیں۔ انہیں مارے گی، کوٹے گی تو اللہ نبی صلی اللہ

علیہ وسلم کھش ہوں گے تجھ سے؟ توبہ کر دلھین! توبہ کر۔"

پھر وہ طرح طرح سے کھڑکی اور مچھلی والا لطیفہ سناسنا کر مجھے بہلانے لگیں۔ "تو بیٹا ڈانگدروں نے کیا کیا کہ حرامیوں نے ممدو کے گال میں کھڈکی بنادی اور کھڈکی میں سے تھرک، تھرک تھرک۔۔۔" مریم کا دل بہت بڑا تھا اور کیوں نہ ہوتا، اس میں ان کے جحور کا مکہ مدینہ آباد تھا اور سینکڑوں باسودے آباد تھے۔ جن میں ہزاروں لاکھوں گل گتھنے ممدو اپنی گول مٹول مٹھیوں سے مریم کی دودھوں بھری ممتا پر دستک دیتے رہتے تھے۔

"انّا بوا! دروازہ کھولو۔ اللہ کی دین آئے ہیں۔ نبی صلی اللہ علیہ وسلم کے امتی آئے ہیں۔"

مریم نے میرے ابا کو دودھ پلایا، وہ میری کھلائی اور میری پناہ تھیں، وہ میرے بھانجے بھانجیوں کی انّا تھیں اور ابھی زندہ ہوتیں تو انھی بھانجے بھانجیوں کے بچے اپنے چارج میں لیے بیٹھی ہوتیں۔ میری تین پشتوں پر مریم کا احسان ہے۔

میں نے ایک بار مریم کے قلعے میں گھس کر ان کی پٹلیا سے گُڑ کی بھیلی چرالی۔ مریم بچوں کو بگاڑنے والی مشہور تھیں۔ مگر مجال ہے جو جرائم میں کسی کی حمایت کر جائیں۔ انہوں نے فوری طور پر اماں سے میری رپورٹ کر دی اور اماں، خدا انہیں خوش رکھے، جاگیر دار کی بیٹی، کھری پٹھانی اپنی اولاد سے کوئی گھٹیا فعل منسوب ہوتے دیکھ ہی نہیں سکتیں۔ انہوں نے جلال میں آکر اُلٹا مریم سے ان پولا کر دیا۔

ابا کو پتہ ہی نہ تھا کہ گھر میں سرد جنگ جاری ہے۔ وہ اس طرح عشاء کی نماز کے بعد پندرہ بیس منٹ کے لیے مریم کے پاس بیٹھ کر ان کا حال احوال پوچھتے، مریم کے پاؤں دابنے کی کوشش کرتے اور ان کی پیار بھری جھڑکیوں کی دولت سمیٹ کر اپنے کمرے میں سونے چلے جاتے۔

تین چار دن میری یہ دو جنّتیں ایک دوسرے سے برگشتہ رہیں اور میں گنہگار

عذاب جھیلتا رہا۔ اماں نے مریم کے دیکھ بھال میں کوئی کوتاہی تو نہ کی مگر مریم کا سامنا ہو جاتا تو اماں کے نازک خدوخال آپی آپ سنگ و آہن بن جاتے۔ مریم زیادہ طر اپنی کوٹھری میں محصور رہیں اور شاید روتی رہیں۔ آخر چوتھے پانچویں دن میں پھوٹ بہا اور پٹائی کے خوف سے بے نیاز ہو کر اماں کی گود میں سر رکھ کر میں نے اقبال جرم کر لیا۔ اماں کے پاؤں تلے زمین نکل گئی۔ بس ایک غضب کی نگاہ کی، مجھے ایک طرف دھکیل کر اُٹھ کھڑی ہوئیں اور بجلی کی سی تیزی سے مریم کے قلعے میں داخل ہو گئیں۔ "انّا بوا! تمہارا منجھلا تو چور نکلا۔ بوا! ہمیں معاف کر دو۔" میں نے کواڑ کی آڑ سے دیکھا کہ مریم لرزتے ہاتھوں سے اماں کے دونوں ہاتھ تھامے انہیں چوم رہی ہیں۔ کبھی ہنستی ہیں، کبھی روتی ہیں اور کبھی اماں کو چپت لگانے کا ڈراما کرتی ہیں۔ "بس ری دلھین! بس کر، چپ ری دلھین! چپ کر۔ دیکھ، میں مار بیٹھوں گی۔"

مریم سیدھی سادھی میواتن تھیں۔ میری خالہ سے مرتے دم تک صرف اس لیے خفا رہیں کہ عقیقے پر ان کا نام فاطمہ رکھ دیا گیا تھا۔ "ری دُلھین! بی بی پھاطمہ تو ایکئی تھیں۔ نبی صلی اللہ علیہ وسلم جی سرکار کی سہجادی تھیں، دنیا آکھرت کی باچھا تھیں۔ ہم دوزخ کے کندے بھلا ان کی بروبری کریں گے۔ توبہ توبہ استگپھار۔"

محرم میں نویں اور دسویں کی درمیانی شب خشوع و خضوع سے تعزیے، سواریاں اور اکھاڑے دیکھتیں، خوب خوب پاپڑ، پکوڑے کھاتیں کھلاتیں اور دسویں کو صبح سے "وجو بنا کے" بیٹھ جاتیں، ہم لڑکوں کو پکڑ پکڑ کر دن بھر شہادت نامہ سنتیں یا کلمہ طیبّہ کا ورد کرتیں، اور خدا مغفرت کرے، کلمہ شریف بھی جس طرح چاہتیں پڑھتیں، "لا الا ہا ال للا نبی جی رسول الا جور جی رسول الا۔"

امام حسین رضی اللہ تعالی عنہ کا نام لے لے کر بین کرتیں، رو رو کر آنکھ سجا لیتیں

اور بین کرتے کرتے گالیوں پر اتر آتیں۔ "رے حرامیوں نے میرے سہجادے کو مار دیا۔ رے ناس مٹوں نے میرے باچھا کو مار دیا۔"

محرم میں وہ ہم لڑکوں کو حسن، حسین کے فقیر بناتی تھیں۔ ہمارے کرتے ہرے رنگ دیتیں۔ گردنوں میں کلاوے ڈال دیتیں اور چھوٹی چھوٹی بٹونیاں سی کر ان میں دو دو آنے کے پیسے ڈال، سیفٹی پنوں سے ہمارے گریبانوں میں ٹانک دیتی تھیں۔

حق مغفرت کرے، ہمارے دادا میں مرحوم تھوڑے سے وہابی تھے۔ ابا بھی ان سے کچھ متاثر ہیں پر محرم کے دنوں میں مریم کے آگے کسی کی وہابیت نہیں چلتی۔ دس روز کے لیے تو بس مریم ہی ڈکٹیٹر ہوتیں۔ مگر یہ ڈکٹیٹری بھی جیو، اور جینے دو کے اصول پر چلاتی تھیں، ہمیں فقیر بنا کر چپکے سے سمجھا دیتی تھیں، "دیکھ رے بیٹا! بڑے میاں کے سامنے متی جانا۔"

اور بڑے میں جی بھی، خدا ان پر اپنی رحمتوں کا سایہ رکھے، کمال بزرگ تھے۔ ظاہر تو یہ کرتے تھے جیسے مریم کی ان باتوں سے خوش نہیں ہیں۔ پر ایک سال محرم کے دنوں میں مریم باسودے چلی گئیں، ہمارے گھر میں نہ شہادت نامہ پڑھا گیا نہ ہائے حسین ہوئی نہ ہم فقیر بنے۔ عاشورے پر ہم لڑکے دن بھر ہاکی کھیلتے رہے۔ عصر کی نماز پڑھ کر دادا میں گھر لوٹ رہے تھے۔ ہمیں باڑے میں دھوم مچاتے دیکھا تو لاٹھی ٹیک کر کھڑے ہو گئے۔ "ابے کرشٹانو! تم حسن حسین کے فقیر ہو؟ بڑھیا نہیں ہے تو جانگیے پہن کر ادھم مچانے لگے۔ یہ نہیں ہوتا کہ آدمیوں کی طرح بیٹھ کر یٰسین شریف پڑھو۔"

یٰسین شریف پڑھو حسن، حسین کے نام پر، یٰسین شریف پڑھو بڑے میاں جی کے نام پر، یٰسین شریف مریم کے نام پر اور ان کے ممدو کے نام پر کہ ان سب کے خوبصورت ناموں سے تمہاری یادوں میں چراغاں ہے۔

مگر میں ممدو کو نہیں جانتا۔ مجھے صرف اس قدر علم ہے کہ ممدو باسودے میں رہتا تھا اور ڈانگدروں نے اس کے گال میں کھڈ کی بنا دی تھی اور اس کھڑکی کے پٹ مریم کی جنت میں کھلتے تھے، اور میں یہ بھی جانتا ہوں کہ جب مریم بڑے سوز سے کھواجہ پیا جرا کھولو کِوڑیاں گاتی تھیں تو اماں کی کوئلوں جیسی آواز شامل ہو کر مجھ پر ہزار جنتوں کے دروازے کھول دیتی تھیں۔ میں اماں کے زانو پر سر رکھ کر لیٹ جاتا اور خواجہ پیا کو سروں کے معصوم جھروکے سے درشن بانٹتے دیکھا کرتا۔ سنا ہے میری اماں موج میں ہوتی ہیں تو اب بھی گاتی ہیں۔ خدا انہیں ہنستا گاتا رکھے۔ پر مریم کی آواز تھک کر سو چکی ہے یا شاید ایک لمبے سفر پر روانہ ہو چکی ہے اور مکے مدینے سرپ کی گلیوں میں پھول بکھراتی پھر رہی ہے یا باسودے کے قبرستان میں ممدو کو لوریاں سنا رہی ہے۔

سفر مریم کی سب سے بڑی آرزو تھی، وہ حج کرنا چاہتی تھیں۔ ویسے تو مریم ہمارے گھر کی مالک ہی تھیں مگر پتا نہیں کب سے تنخواہ لے رہی تھیں۔ ابا بتاتے ہیں کہ وہ جب اسکول میں ملازم ہوئے تو انہوں نے اپنی تنخواہ مریم کے قدموں میں لا کر رکھ دی۔ مریم پھول کی طرح کِھل اُٹھیں۔ اپنی گاڑھے کی چادر سے انہوں نے ایک چوّنی کھول کر ملازمہ کو دی کی جا بھاگ کر بجار سے زلے بیاں لیا۔ مریم نے خود ان جلیبیوں پر کلمہ شریف پڑھا اور تنخواہ اور جلیبیاں اٹھا کر بڑے غرور کے ساتھ دادا میاں کے سامنے رکھ آئیں۔ "بڑے میاں جی! مبارکی ہو۔ دولھے میاں کی تنکھا ملی ہے۔" پھر اس تنخواہ میں سے وہ اپنی بھی تنخواہ لینے لگیں۔ جو پتہ نہیں انہوں نے ایک روپیہ مقرر کی تھی کہ دو روپے۔

مریم کا خرچ کچھ بھی نہیں تھا۔ باسودے میں ان کے مرحوم شوہر کی تھوڑی سی زمین تھی، جو ممدو کے گزارے کے لیے بہت تھی، اور بکریاں تھیں جن کی دیکھ بھال ممدو کرتا۔ بڑا لڑکا شاب خاں ریلوائی میں چوکیدار تھا اور مزے کرتا تھا۔ برسوں کسی کو پتہ نہ

چلا کہ مریم اپنی تنخواہوں کا کرتی کیا ہیں۔ پھر ایک دن وہ ڈھیر سارے کل دار روپے، میلے کچیلے نوٹ اور ریز گاری اٹھائے ہوئے ابا کے پاس پہنچیں اور انکشاف کیا کہ وہ حج کرنے جا رہی ہیں۔ کرائے کی یہ رقم ان کے برسوں کی کمائی تھی۔ یہ مکہ مدینہ فنڈ تھا جو مریم خبر نہیں کب سے جمع کر رہی تھیں۔ ابا نے گن کر بتایا کہ نو سیکڑے، تین بیسی سات روپے کچھ آنے ہیں۔ مریم کو اس سے غرض نہیں تھی کہ یہ کتنے ہیں، وہ تو سیدھی سی بات پوچھ رہی تھیں کہ ان سے مکے مدینے کا ٹکس مل جائے گا یا نہیں۔ ابا نے بتایا کہ بیشک مل جائے گا۔

مریم نے تیاریاں شروع کر دیں۔ وہ اٹھتے بیٹھتے، چلتے پھرتے گنگناتی رہتیں کہ کھواجہ پیا جرا کھولا کوڑیاں۔ ان پر مکے مدینے کی کھڑکیاں کھلی ہوئی تھی اور ان کھڑکیوں سے نبی صلی اللہ علیہ وسلم جی کے مقدس پیراہن کی خوشبو چلی آ رہی تھی۔ کسی نے چھیڑنے کو کہہ دیا کہ تم کو ڈھنگ سے نماز پڑھنی تو آتی نہیں، قران شریف تو یاد نہیں ہے، پھر حج کیسے کرو گی؟

مریم بپھر گئیں۔ "رے مسلمان کی بٹیا، مسلمان کی جورو ہوں۔ نماج پڑھنا کاہے نئیں آتی۔ رے کلمہ سریپ سن لے، چاروں کُل سن لے۔ اور کیا چیے تیرے کو؟ ہاں اور کیا چیے؟" پھر ان کے دل میں تو نبی صلی اللہ علیہ وسلم جی کے پیار کا چمن بھی کھلا ہوا تھا کہ یہی بہت تھا۔

مگر ایک دن شتاب خاں کا خط آیا کہ ممدو کی حالیت کھراب ہے، بکریاں بیچ باچ کے علاج مالجہ کرایا، جمین گروی رکھ دی۔ اب بالکل پیسے نئیں ہیں۔ صورت دیکھنا چاہتی ہے تو خط کو تار سمجھنا۔ مریم کی آنکھوں میں مکہ مدینہ دھندلا گیا۔ انہوں نے نو سینکڑے، تین بیسی، سات روپے چادر میں باندھے اور روتی پیٹتی باسودے کی بس میں جا بیٹھیں۔ ابا ساتھ

جانا چاہتے تھے انہیں سختی سے منع کر دیا۔

ممدو تو ان کی ذمہ داری تھا، وہ کسی اور کو کیوں اس میں شریک کرتیں۔ مریم کا یہ اصول بڑا اسفاک تھا۔ انہوں نے باسودے خیریت سے پہنچنے کا خط تو لکھوا دیا پر ممدو کے بارے میں ایک لفظ نہیں لکھوایا۔ مہینے گزر گئے، کسی نے بتایا کہ وہ ممدو کو علاج کے لیے اندور لے گئی ہیں، پھر پتہ چلا کہ بمبئی میں صابو صادق کی سرائے میں نظر آئی تھیں، پھر پتہ چلا کہ ممدو مر گیا ہے۔ پھر ایک لٹی لٹائی مریم گھر لوٹ آئیں۔

میں اسکول سے گھر پہنچا تو دیکھا کہ مریم صحن میں بیٹھی اپنے مرے ہوئے بیٹے کو کوس رہی ہیں، "رے حرامی تیرا ستیاناس جائے رے ممدو! تیری ٹھٹھری نکلے۔ اورے بدجناور تیری کبر میں کیڑے پڑیں۔ میرے سبرے پیسے کھرچ کرا دیے۔ اے ری دلھین! میں مکے مدینے کیسے جاؤں گی۔ بتا ری دلھین! اب کیسے جاؤں گی۔"

ابا نے کہا، "میں تمہیں حج کراؤں گا۔"

اماں نے کہا "انّا بوا ہم اپنے جہیز والے کڑے بیچ دیں گے، تمہیں حج کرائیں گے۔"

مگر مریم چپ نہ ہوئیں، دو دن تک روتی رہیں اور ممدو کو کوستی پیٹتی رہیں۔ لوگوں نے سمجھایا کہ آخر دولھے میاں بھی تمہارا ہی بیٹا ہے، وہ اگر تمہیں حج کرواتا ہے تو ٹھیک ہے، مان کیوں نہیں جاتیں؟ مگر مریم تو بس احسان کرنا جانتی تھیں، کسی بیٹے کا احسان بھی اپنے سر کیوں لیتیں۔ انہوں نے تو اپنی کمائی کے پیسوں سے حج کرنے کی ٹھانی تھی۔

ممدو کے مرنے کے بعد مریم شاید ایک دفعہ اور باسودے گئیں اپنی زمین کا تیا پانچہ کرنے پھر اس کے بعد باسودے کا زوال شروع ہو گیا۔ مریم کے چوڑے چکلے میواتی سینے میں بس ایک ہی شہر بسا رہ گیا۔ ان کے حجور کا سہر۔ وہ اٹھتے بیٹھتے "نبی جی، حجور جی" کرتی رہتیں۔ کبھی یوں لگتا کہ انہیں قرار سا آ گیا ہے۔ شاید اس لیے کہ ان کے بھولے بھالے

منصوبہ کار ذہن نے ایک نیا مکہ مدینہ فنڈ کھول لیا تھا۔

ابا نے بڑے شوق سے لحاف سلوا کر دیا، مریم چپکے سے جا کر بیچ آئیں۔ عید آئی، مریم کے بھی کپڑے بنے، خدا معلوم کب، کتنے پیسوں میں وہ کپڑے بیچ دیے۔ ابا اماں سمیت، ہم سب کو جو ایک ایک آنہ عیدی دیتی تھیں، فوری طور پر بند کر دی۔ پیسا پیسا کر کے پھر مکہ مدینہ فنڈ جمع ہو رہا تھا۔ سب ملا کر پانچ سو ساٹھ روپے ہی جمع ہوئے تھے کہ مریم کا بلاوا آ گیا۔ مجھے معلوم نہیں کہ کب اور کس طرح چل بسیں۔ میں گرمیوں کی چھٹیوں میں اپنی خالہ کہ گاؤں گیا ہوا تھا، واپس آیا تو اماں مجھے دیکھ کر پھوٹ پھوٹ کر رونے لگیں، "منجھلے! تیری انّا بوا گزر گئیں۔ لڑکے! تجھے بگاڑنے والی گزر گئیں۔"

ابا نے مجھے حکم دیا کہ میں مریم کی قبر پر ہو آؤں، میں نہیں گیا۔ میں کیوں جاتا، ٹھنڈی مٹی کے ڈھیر کا نام تو مریم نہیں تھا۔ میں نہیں گیا۔ ابا ناراض بھی ہوئے مگر میں نہیں گیا۔

لوگوں نے بتایا کہ مریم نے مرتے وقت دو وصّیتیں کی تھیں۔ ایک وصّیت تو یہ تھی کہ تجہیز و تکفین اُنھی کے پیسوں سے کی جائے اور باقی کے پیسے شاب خان کو بھیج دیے جائیں۔ دوسری وصّیت کا صرف ابا کو علم تھا۔ اماں کے کان میں انہوں نے مرت وقت کچھ کہا تھا جو اماں کسی کو نہیں بتانا چاہتی تھیں۔

میں یہاں آ گیا۔ پندرہ برس گزر گئے۔ 65ء میں ابا اور اماں نے فریضہ حج ادا کیا۔ اماں حج کر کے لوٹیں تو بہت خوش تھیں۔ کہنے لگیں، "منجھلے میاں! اللہ نے اپنے حبیب کے صدقے میں حج کرا دیا۔ مدینے طیبہ کی زیارت کرا دی اور تمہاری انّا بوا کی دوسری وصّیت بھی پوری کرائی۔ عذاب ثواب جائے بڑی بی کے سر۔ ہم نے تو ہرے گنبد کی طرف منہ کر کے کئ دیا کہ یارسول اللہ صلی اللہ علیہ وسلم! باسودے والی مریم فوت ہو

گئیں۔ مرتے وخت کہہ رئی تھیں کہ نبی صلی اللہ علیہ وسلم جی سرکار! میں آتی ضرور مگر
میرا ممدو بڑا حرامی نکلا۔ میرے سب پیسے خرچ کرادیے۔"

***

۷

وارث

قصبائی پولیس لائنز تھی، جس کے سامنے میدان میں جیسے چھوٹا موٹا بازار لگ گیا تھا۔ سارہ بانوں نے اپنے جانوروں پر بندھے کجاوے، کاٹھیاں، رسے کھولنا اور انھیں چارے پانی کے لیے آزاد کرنا شروع کر دیا تھا۔ ہم دو انسان، مویشیوں کے اس دائرے کے بیچ زنجیریں پہنے رسیوں سے بندھے پڑے تھے۔ ان لوگوں کی قید میں آئے ہوئے گیارہ گھنٹے ہو گئے تھے، مگر ان کم نصیبوں نے دو تین بار پانی پلانے کے سوا ہمیں کھانے کو کچھ نہیں دیا تھا۔ ان سے اچھے تو بیگار میں ساتھ آنے والے سار بان تھے، جو اپنے جانوروں کو چارا تو دے رہے تھے۔

میرے قریب زنجیریں بجیں۔ میں سر گھما کر دیکھا، میرا ساتھی، کھوسا، کھسکتے کھسکتے میرے برابر آ گیا تھا۔ اس نے سرگوشی میں پوچھا، "ہاکا مریڈ! کیسا ہے؟"

"ٹھیک ہوں۔ کم زوری ہو گئی ہے۔"

"کم زوری بروبر ہوئیں گا۔ کھانے کا کچھ بی نئیں دیا حرام خور لوگوں نے۔"

"پیاس بھی لگ رہی ہے۔"

"ابی دیکھو، ہم ان کا ایسی تیسی کرتاؤں۔ یہ بے غیرت ایسا نئیں سمجھیں گا۔ ہم کو رولا ڈالنا پڑیں گا۔" پھر اس نے پولیس لائنز کی طرف منہ کر کے آواز لگائی، "سنوڑے!

او بد نصیب! ہم لوگ کو بھوکا پیاسا کیوں مارتے ہو۔ او جہنم کے کیڑے! اڑے ہم لوگ کو مردوں کی طرح جان دینا آتا ہے، ایکی بار میں گولی مار کے خلاص کرو نئیں۔ ابی جو مارنے کا پلان نئیں ہے تو پانی دیو، کچھ کھانے کو دیو۔ کافر کی اولاد!" پھر میری طرف جھک کے وہ آہستہ سے کہنے لگا، "ہم ان لوگ کی دم پہ پاؤں رکھ دیاؤں۔ کافر بولو تو یہ لوگ ایک دم گرمی کھا جاتائے، کوئی اور بات بولو تو سنتائی نئیں ہے سالا، کم ظرف!" اور وہ راز داری سے ہنسنے لگا۔

کھوسا کی اس حکمت علمی کا واقعی اثر ہوا۔ ایک گارڈ نے مٹی میں ٹھوکر مار کے بہت سی ریت مٹی اس کے منہ پر پھینکی اور اسے گالی دی۔ "لے، مٹی کھا، بے دین سالے! سب کو کافر بولتائے۔ بے شرم کتا!"

کھوسا نے منہ پر لگی مٹی کو جھاڑتے ہوئے مزے سے کہا، "ہم کیا بولتاؤں بچہ۔ دنیا جانتائے تم کافر سے بی بدتر ہے، سالا! قیدی کا راشن کھا جاتائے تم لوگ۔ بھوکا پیاسا مارتائے۔ ہم کافر کی قید میں رہ کے آیاؤں۔ وہ لوگ بھی انسان ہے، تم نئیں ہے۔۔۔ تم گھدا ہے سالا! ہاں نا۔ بلکہ تم سُوَر، کتا ہے۔"

گارڈ جو مٹی میں ٹھوکر مار کر نکلا چلا گیا تھا، پلٹ پڑا، "تیری تو۔۔۔ کہہ کے وہ جھپٹا۔ اس نے اپنی بندوق کا کندا حملے کے لیے سیدھا ہی کیا تھا کہ کھوسا نے بھیانک آواز میں ڈکرانا شروع کر دیا۔ "صاب! زنجیر سے بندھے قیدی کو بٹ مارتائے۔ صاب! گارڈ پاگل ہو گیائے۔ صاب! بچاؤ ہم لوگ کو۔"

گارڈ نے اور میں نے اپنی طرف بڑھتے اس افسر کو نہیں دیکھا تھا، کھوسا نے دیکھ لیا تھا۔ اسی لیے اس نے گارڈ کو راز داری سے گالی دینا اور پھر افسر کو سنا کے فریاد کرنا شروع کر دیا تھا۔ کھوسا کی فریاد اور شور شرابے کا خاطر خواہ اثر ہوا۔ افسر نے جیسے کاشن دیتے

ہوئے اپنے گارڈ کو للکارا، "کیا کرتا ہے؟ ہٹو پیچھے! بیک، بیک"

گارڈ کی رائفل کا بٹ دھیرے دھیرے زمین پر ٹک گیا۔ اس نے اپنے افسر کی طرف دیکھا اور غصے سے پھنستی آواز میں بولا، "گالی نکالتا ہے صاب! کافر بولتا ہے۔"

کھوسا نے فریاد اور دل لگی کے ملے جلے انداز میں کہا، "سر، کیا کرے ہم لوگ؟ ہمارے کو بھوکا مار دیا۔ خود ہمارا سامنے بسکٹ دودھ کھاتا ئے۔ ہم لوگ کو چائے بھی نئیں دیا یہ لوگ نے، دو دفعہ پانی پلایا ہے، بس۔ کافر نئیں بولے تو کیا کرے صاب!"

افسر نے ڈپٹ کر کہا، "بکواس بند کرو!" پھر گارڈ سے بولا، "میرے ساتھ آؤ۔" وہ دونوں چلے گئے۔ مجھے دیکھتے ہوئے کھوسا آہستہ سے ہنسا، کہنے لگا، "دیکھا کامریڈ؟ ابی کھانا آئیں گا۔ اپنا کام صئی ہو گیا ئے۔"

کوئی ڈیڑھ گھنٹے بعد جب ہم دونوں مایوس ہو چکے تھے، تین گارڈ اسی میدان میں ہمارے لیے کھانے پینے کی چیزیں لے آئے۔ ابلے ہوئے چاول، چنے کی دال، کٹا ہوا کھیرا اور موٹے موٹے دو کباب تھے، دیکھنے میں مچھلی کے لگتے تھے۔ کھوسا نے ہنستی ہوئی آنکھوں سے ٹین کی پلیٹ میں رکھے ان کبابوں کو دیکھا اور ساتھ آنے والے گارڈ سے، جو بٹ مارنے لپکا تھا، پوچھا، "یہ کیسا کباب ہے بئی ایسا موٹا موٹا؟"

گارڈ ابھی تک جھلسا ہوا تھا، اس نے حرام جانور کا نام لیا کہ یہ اس کے کباب ہیں۔

کامریڈ کھوسا میری طرف دیکھ کے تعریفی انداز میں بولا، "دیکھو بئی دوست! ابی کیسا خیال رکھتا ہے یہ جوان ہم قیدی لوگ کا، اپنا پیٹ کاٹ کے، اپنی خاص ڈش میں سے ہمارے کو کھلاتا ئے۔ شاباش ہے! سخی مردار!"

ساتھ کے دونوں گارڈ ہنسنے لگے۔ جھلسے ہوئے گارڈ نے کھوسا سے تو کچھ نہ کہا، اپنے ساتھیوں سے بولا، "ادھر کھڑے ہو کے دانت مت نکالو، سالا حرام خور! بہت کام پڑا

ہے۔ چلو، نہیں میں رپورٹ کر دوں گا۔"

گارڈ چلے گئے تو ہم دونوں نے کھانا شروع کیا۔ گرفتاری کے وقت ہونٹ پر زخم آنے کی وجہ سے اسے کھانے میں دقت ہو رہی تھی مگر اس نے ہنستے ہنساتے کھانا پورا کیا۔

کھانا کھا کر جان آئی تو وہ جو پہلے وردی والوں کے ساتھ مسخرا پن کر رہا تھا، اور کھل اٹھا۔ اس نے اونچی آواز میں کھانے کی تعریف شروع کر دی کہ بھئی بہت اچھا مینو ہے اور سنو تم لوگ، اب خیال رکھنا، مجھے پلا مچھلی کی بریانی پسند ہے۔ رات میں بریانی لانا اور ساتھ میں ایک بوتل اچھی انگلش وائن ضرور لیتے آنا۔ سمجھے؟ مہمان داری کرتے ہو تو اچھی طرح کرو، سالو۔ وہ تھوڑی تھوڑی دیر بعد قہقہہ بھی لگا رہا تھا۔

آخر دو وردی پوشوں کے ساتھ ان کا افسر ہماری طرف آیا۔ افسر کے ہاتھ میں چھڑی تھی۔ وردی والے اپنی رائفلیں سیدھی کیے آئے تھے، جیسے بس گولی چلا ہی دیں گے۔ افسر نے ہنستے، شور مچاتے کھوسا کے سر پر آہستہ سے اپنی چھڑی رکھ دی اور بھاری گونجتی آواز میں پوچھا، "تو نے نشہ کیا ہوا ہے جو اتنا شور کرتا ہے؟"

کھوسا نے مسکرا کر سر گھمایا، بولا، "خدا کا شکر ہے، آپ افسر لوگ ہماری بات سننے کے واسطے آگیا ہے صاب! ہم لوگ نہ قتل کا ملزم ہے، نئیں ملک کے خلاپ غداری کیا ہے۔ ہم لوگ نے آپ سرکاری آدمین ہے، جیسا قاعدے قانون میں گرپتاری کا اصول ہے، وہ کرو۔ ہم لوگ کو جانور کے طرحے ادھر کیوں ڈال دیا ہے؟ کچھ خدا کا خوپ کرو سر۔"

افسر نے دھیرے سے پوچھا، "تو ہم کو قاعدہ قانون سکھاتا ہے۔ ایں، حرام خور!"

کھوسا بولا، "ہم کیا سکھائیں گا بئی قانون۔ ہہا! تم صاب لوگ ہے۔ قانون کا تم کو پہلے ہی پتا ہوئیں گا۔۔۔ یا نئیں بی ہووے۔ بس ایک بات یاد دلاتاؤں، ہم لوگ لاوارث نئیں

ہے صاب! ہاں، یہ رستے کا آدمین، یہ اوٹھ والا ساربان، گوٹھ گاؤں قصبے کا لوگ، شہری مہری۔۔۔ یہ سب کمزور بھلے ہی ہووے، پر ان کو خبر ہے کہ بئی، تم لوگ ہم دو کو پکڑ کے لے جارئے ہو۔ ابھی بھوک پیاس میں، بندوق کا بٹ مارنے سے، یا گولی چلانے سے ایک یا دونوں قیدی کم ہو جاوے تو بات چھپ نئیں سکیں گا سر! شہر میں دو چار اخبار والا، دس بیس کونسلر، اسمبلی کے ممبر لوگ ایک دوسرے کو پوچھتا ہوئیں گا کہ بئی اپنا یار کھوسا کدر ہے؟ اس کا کامریڈ کدر ہے؟ اور وہ اس کا معشوق جرمن بی بی وہ کدر ہے؟ یہ لوگ آخر کدر چلا گیا بئی؟"

افسر اپنے پتلون کی سائڈ پر زور زور سے بید مارتا ہوا مزے لے کر کہنے لگا، "اچھا تو یہ لائن ہے تیری؟"

کھوسا نے جرمن جرنلسٹ گیزل کو اپنی محبوبہ بتایا تھا جب کہ وہ اسے صورت سے بھی نہیں پہچانتا تھا۔ اس نے اپنے حوالے سے ذکر کرتے ہوئے ہم دو کو اپنے ساتھ نتھی کر کے، ایک طرح سے ہمیں مضبوط اور محفوظ کرنے کی کوشش کی تھی۔ وہ بڑی دلیری سے سرکاری آدمی کو نتائج کی دھمکی دے رہا تھا۔ مگر، میں نے سوچا، وہ سب تو ایسی دھمکیوں کے عادی ہوں گے۔ ہر سرکاری اہل کار کو اپنی حدوں کا اندازہ ہوتا ہے، اور نہیں بھی ہو تو پروا نہیں، وہ سمجھتا ہے کہ لوگ جب پھنس جاتے ہیں تو لمبی کہانیاں سناتے ہیں اور بلف چل کے کام نکالنا چاہتے ہیں۔

افسر ہنسنے لگا، بولا، "تو کوئی بڑا یا چھوٹا سیاسی لیڈر نہیں ہے، نہ ہی این جی او والا ہے۔ تیسرے درجے کا سوشلسٹ بے دین ہے تو۔ اونٹ سے گر کے، یا سانپ کے کاٹے سے، یا فرار ہونے کی کوشش میں جان سے چلا جائے گا تو کوئی اخبار دو لائن کی خبر بھی نہیں لگائے گا۔ اور اطمینان رکھ! کسی جرمن اٹالین کے پیٹ میں تکلیف نہیں ہو گی وہ گئی اپنے گھر۔"

کھوسا ہنسنے لگا، "ایسا بی نئیں ہے سر! ابی آپ کو بتاوے؟ ہم لوگ کے قافلے کا آگے پیچھے دو موٹر سائیکل بروبر لگی ہوئی ہے۔ آپ کے جوانوں نے تین بار وارننگ دیا ہے، ان لوگ پر ہوائی فیر بھی کیا ہے۔"

افسر جانتا تھا یہ بلف نہیں ہے۔

کھوسا بولا، "سمجھا صاب!؟ موٹر سیکل والا آگے پیچھے ٹیلی پون کرتا ہوئیں گا۔ وہ لوگ کے پاس لمبے لمبے لینس والا کیمرا ہوئیں گا۔ وہ لوگ ہم دو بندوں کو اوڑھ پہ زنجیروں، رسیوں سے بندھا ہوا دیکھ کے تصویر کھینچ کے لے گیا ہوئیں گا۔"

افسر نے ہونٹ بھینچتے ہوئے اپنے گارڈز کو اشارہ کیا، انھوں نے بڑھ کر کھوسا کو بغلوں میں ہاتھ دے کے بیٹھے سے اٹھا دیا۔ افسر نے ہلکے ہاتھ سے اپنی چھڑی اس کی پیٹھ سے ٹکا دی اور کہا، "چلو!"

کھوسا جما کھڑا رہا بولا، "یہ بھائی بی ساتھ چلیں گا۔ ہمارا اپنا خون کے رشتے والا ہے، یہ بی کامریڈ ہے۔ اس کو بخار ہے سر! کوئی آس پرو، ماس پرو کی ٹکیا دے کے، چائے مائے پلا کے اس کو صئی کرنے کا ہے۔ کدری اور بیمار نئیں ہو جاوے۔ یہ اپنا بھائی۔"

کھوسا نے یہ بات افسر کی آنکھوں میں آنکھیں ڈال کے اتنے طے شدہ انداز میں کہی تھی کہ اس نے فوری فیصلہ کر لیا، گارڈ کو چھڑی سے اشارہ کیا کہ اٹھاؤ۔ گارڈ نے مجھے بھی سہارا دے کے اٹھایا اور لے چلا۔

ہمارا چھوٹا سا قافلہ پولیس لائنز میں داخل ہو گیا۔

اور یہاں اکبر علی کھوسا کی کہانی، جتنی کہ مجھے معلوم ہے، ختم ہوتی ہے۔

کس لیے کہ پولیس لائنز پہنچنے کے بعد مجھے، یا کسی کو، پھر اس کی کوئی خبر نہ مل سکی۔

تاہم، بے گنتی بلوچ، اور بے شمار وہ جو بلوچ نہیں ہیں، اسے لاوارث نہیں مانتے۔

کھوسا نے سچ کہا تھا کہ یہ رستے کا آدمی، یہ اوٹھ والا ساربان، گوٹھ گاؤں قصبے کا لوگ، شہری مہری۔ یہ سب کم زور سہی، پر یہی اس کے وارث ہیں۔

سبھی کو یہ معلوم ہے کہ ایک اکبر علی کھوسا ابھی ہو کے گیا ہے۔ ایک کو ابھی آنا ہے۔ اور وہ اپنے نسب سے اور گدّی اور طرّے کے پیچ سے نہیں، کام سے، کٹے پھٹے اپنے ہاتھوں سے، اور اپنے دل کی اور دماغ کی مضبوطی سے پہچانا جائے گا۔

اس کے وارث، اس کے آنے کی خبر دے چکے۔

***

یادگار افسانوں کا ایک انتخاب

گناہ کا خوف

مصنف: چودھری محمد علی ردولوی

بین الاقوامی ایڈیشن جلد منظر عام پر آ رہا ہے